슬픈 그녀의 행복

슬픈 그녀의 행복

초판 1쇄 인쇄 2013년 6월 5일
초판 1쇄 발행 2013년 6월 10일

지은이 김보라
펴낸이 金泰奉
펴낸곳 한솜미디어
등록 제5-213호

편집 박창서 김주영 김수정
마케팅 김명준
홍보 김태일

주소 143-200 서울시 광진구 구의동 243-22
전화 (02)454-0492(代)
팩스 (02)454-0493
이메일 hansom@hansom.co.kr
홈페이지 www.hansom.co.kr

값 12,000원
ISBN 978-89-5959-360-6 (03810)

슬픈 그녀의 행복

김 보 라 장 편 소 설

| 머 릿 말 |

  '꿈'이라는 단어와 '할 수 있다. 하면 된다.'
  제가 인생을 살아오면서 제일 좋아하는 말입니다. 꿈은 가슴을 설레게 하고 삶을 이끌어 갑니다. 그리고 꿈은 목표를 이루기 위해 희망을 품게 합니다. 그래서 저는 항상 아이들을 볼 때면 꿈이 무엇이냐고 습관처럼 물어보곤 합니다.
  꿈은 꿈 나름이겠지만 이루기까지는 힘들고 고통스럽습니다.
  외롭고 고독합니다. 때론 피눈물도 흘려야 합니다.
  꿈은 이 모든 것을 참고 이겨내야 열매가 맺힙니다.
  작가는 저의 어릴 적부터 꿈이었으나 당장 먹고사는 데만 급급하다 보니 실천하기가 그리 쉽지 않았습니다. 그런데 딱 마흔이 되던 새해 첫날 갑자기 이런 생각이 떠올랐습니다.
  '이 나이 먹도록 뭐했지? 아직까지 작가의 꿈도 못 이루고….'
  허탈감과 허무감이 이루 말할 수 없어 글을 쓰기 시작했습니다. 그 결실이 『슬픈 그녀의 행복』으로 이루어지게 되었습니다.
  『슬픈 그녀의 행복』을 보시게 된 독자 여러분!
  마음속에 품은 모든 꿈들이 이루어지길 간절히 소망합니다.

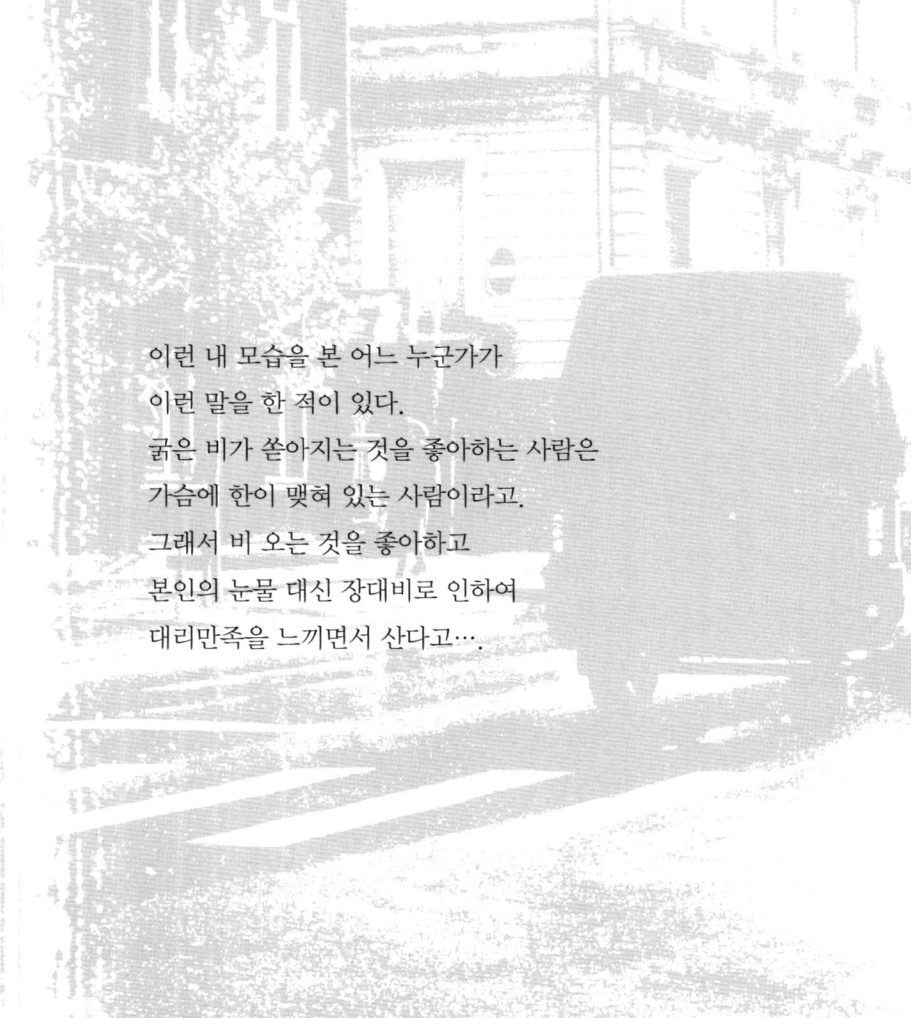

이런 내 모습을 본 어느 누군가가
이런 말을 한 적이 있다.
굵은 비가 쏟아지는 것을 좋아하는 사람은
가슴에 한이 맺혀 있는 사람이라고.
그래서 비 오는 것을 좋아하고
본인의 눈물 대신 장대비로 인하여
대리만족을 느끼면서 산다고….

슬픈 그녀의 행복

005 _ 머릿말

009 _ 끝없는 슬픔
040 _ 마음속에 그려 놓은 나의 이상형
048 _ 예고 없는 아픔
062 _ 만남
079 _ 꿈같은 행복
099 _ 여름날의 이별
123 _ 기다림 끝의 방황
144 _ 잠꼬대
179 _ 철없는 아줌마
188 _ 그리운 만남
216 _ 여름날의 두 번째 이별
245 _ 행복

247 _ 작가 후기

끝없는 슬픔

어느 한겨울, 갈나무 위에 부엉이 한 마리가 앉아 있었다.

두 눈을 동그랗게 뜨고 멍하게 앉아 있는 부엉이를 보면서 난 생각했다.

저 부엉이는 나보다 더 외롭고 슬프지는 않겠지?

몇 시간째 날지도 않는 부엉이는 지금 무슨 생각을 하고 있을까? 고독해서? 아니면 인간으로 태어난 내가 행복해 보여서?

난 부엉이 속을 들여다보고 싶었다.

나는 차라리 저 부엉이가 되었으면, 아니 사계절 우뚝 서 있는 소나무가 되었으면, 저 하늘 높이 나는 기러기가 되었다면 이렇게 외롭고 슬프지는 않을 텐데.

조용히 슬픔에 잠겨 있던 두 눈엔 눈물이 흘렀다.

나는 할머니가 두 분 계신 것도 싫었지만 어머니도 두 분이라는 사실은 정말 인정하기 싫었다. 아버지께선 첫째 부인을 만나 아들, 딸을 낳으시고 어머니와는 나를 비롯하여 8남매를 낳으셨다.

그러던 어느 날 아버지는 뭐가 그토록 급하셨을까? 겨우 네 살밖에 안 된 나인데… 아버지와의 추억도 만들지 못했는데 우린 어떻게 살라고, 이 세상이 싫었는지 아버지는 너무도 빨리 우리 곁을 떠나시고야 말았다. 아직 한글도 깨우치지 못한 네 살 때의 일이지만 난 그날의 충격을 잊지 못한다.

5월의 어느 날 새벽 5시쯤이었다.

모두 잠들어 고요하기만 했던 시간… 대포소리와 같은 아버지의 비명소리에 가족들은 깜짝 놀라 비명소리가 난 외양간으로 가보았다. 눈앞이 캄캄했다. 갑자기 소가 뭔 고집이 났는지 뒷발로 아버지의 배를 차버린 것이다. 아버지는 두 손으로 배를 움켜잡고 허리는 반 이상이 굽혀진 채 머리는 땅에 맞닿아 있었다. 그리곤 점점 아버지의 신음소리가 작아지더니 이내 생명줄을 놓고 마셨다. 이때부터 나의 불행은 시작되었다.

나는 가끔 뒷산에 올라가 푸른 잔디가 깔려 있는 소나무 밑의 그늘진 곳에 앉아 멍하니 생각하는 것을 좋아했다. 저 멀리 보이는 수평선 바다는 쓸쓸해 보였고 푸른 잔디 옷을 입은 둥그런 묘는 편안해 보였다. 죽은 사람은 말이 없다. 기쁨도 슬픔도 괴로움도 모르는 묘들을 볼 때면 '나도 죽어야지' 생각하며 한없이 눈물을 흘리곤 했다. 어린 나이였지만 정말 죽고 싶었다.

어느 날, 죽기로 결심하고 저수지 앞에 앉아 한없이 울기 시작했다. 그러나 어머니가 눈앞에 아른거렸다. 내가 죽으면 어머니는 어떡하지?

결국은 걱정하다 못 죽고 집으로 향했지만 나의 발걸음은 천근처럼 무거웠다.

나는 집안 환경이 싫었다. 죽도록 미치도록…. 그래도 내가 살아남을 수 있었던 힘은 어머니와 푸른 숲 속과 아침이슬이 햇빛을 받아 반짝거리는 풀잎들을 보면서 느끼는 행복이었다.

아버지의 첫째 부인이 다섯 살 된 아들은 남겨두고 딸만 데리고 떠났다.

오빠는 결혼한 후 매일 술에 취해 노을 진 저녁 무렵이면 찾아왔다.

"어무이 있소?"

"왔냐."

"나 할 말이 있어서 왔어라우."

"할 말이 뭐냐, 말해 봐라."

"나한테 준 전답이 너무 적은 것 같소. 좀 더 주시오!"

"더 이상은 못 준다. 네가 장남이라고 서운하지 않도록 충분하게 줬다. 전답 말은 앞으로 꺼내지도 말아라!"

"그게 무슨 말씀이요. 그것 가지고는 양이 안 차라우!"

"느그 동생들은 생각 안 하고 너만 생각하면 쓰것냐?"

"내가 사는 게 힘들고 괴로워서 그라요."

"정신 좀 차려라. 어떻게 살려고 그러냐."

아버지가 살아계실 때 우리 집은 마을에서 부자로 소문난 고수원 집이었다. 땅도 남들보다 많이 갖고 있었다. 오빠는 한마을에 살면서 술에 빠져 살았다. 그리고 날이면 날마다 술에 취해 찾아와 소란을 피웠다. 이럴 때마다 나는 콩닥콩닥 가슴 졸이며 불안증에 시달려야만 했다.

어머니는 매일 한 맺힌 설움의 눈물로 세월을 보냈다. 나는 어머니가 불쌍했다. 그래서 어머니의 고통을 대신해 주고 싶어 어떤 궂은일도 마다하지 않았다.

태양빛이 뜨거웠던 어느 여름날 나는 밭으로 나갔다. 무성한 콩밭에 불어오는 산들바람으로 콩잎은 부채춤이라도 추듯 넘실거렸다. 그리고 고구마밭 고랑엔 고구마순 넝쿨이 서로 달리기라도 하듯 짧고 길게 뻗어 갔다. 또 오이와 가지들을 보며 저렇게 작은 것들이 언제 커지나 생각했는데 다음 날 가서 보면 밤새도록 이슬을 먹고 통통하고 기다랗게 커버리곤 했다.

나는 이런 것들을 보면서 '나의 삶도 오이나 가지처럼 훌쩍 세월이 빨리 지나가 버렸으면' 하고 중얼거리곤 했었다.

어머니는 종일 밭일을 하시고 해질 무렵이면 집에 들어오셨다. 땀과 흙으로 얼룩진 옷을 벗을 때면 긴 한숨소리가 저절로 배어 나오셨다.

그때 마당에서 걸어오는 발자국 소리가 났다. 또 술에 만취된 오빠였다.

"느그덜 다 나와! 내가 오늘 다 때려죽여 버릴 테니깐!"

"내가 너 때문에 못 살겠다. 또 뭐 때문에 이러냐!"

"나 돈이 필요해서 그러니 우선 소 팔아서 돈 좀 주시오!"

"왜 그렇게 속이 없냐! 생각 좀 해 봐라. 느그 동생들 아버지 없이 가르치고 먹여 살리려면 눈앞이 캄캄한데 이 어린 동생들은 어떡하라고 소 한 마리 있는 것을 팔아 달라고 하느냐!"

"이런저런 잔소리는 나한테 필요 없으니까 돈이나 해주시오!"

"이젠 나도 더 이상은 아무것도 못 준다!"

"내가 장손에다 장남인데 그것도 못 주시오?"

"네가 장남이라고 지금까지 가져간 땅이 얼마냐! 너 알고 있냐, 모르고 있냐?"

어머니는 울부짖으셨다.

그러자 오빠는 감정이 더 치솟아 소리를 지르며 말했다.

"내일 당장 소 팔아서 돈 줄라요 안 줄라요!!"

"내가 미쳤냐? 소를 팔아서 돈을 주게?"

"뭐라고라우?"

"소 팔아서 절대 돈 못 준다!"

"좋게 말할 때 해주시오!"

"못 주면 어떻게 할 거냐!!"

"집구석 다 불 질러 버릴라요!"

"어디 너 하고 싶은 대로 해봐라. 소는 절대 못 판다."

"그깟 소 한 마리 가지고 그라요?"

"나한테는 큰 재산이나 다름없다!"

"내일 당장 소 팔아서 돈 해주시오."

그렇게 또 한바탕 전쟁을 치르고 오빠는 비틀거리며 돌아갔다.

싸움이 언제쯤 끝날까… 난 눈앞이 캄캄했다.

아침 태양이 떠올랐다. 참새들은 뭐가 그리 좋은지 신이 나서 모이를 쪼아 먹었다. 외양간의 누렁소는 어젯밤의 사건을 알고 있기라도 한 듯 슬픈 눈빛으로 눈만 끔뻑였다.

저 높은 하늘은 찬란하게 조화를 이루고 땅을 향해 뽐내고 있었다. 오늘은 누렁소와 이별하는 날이다.

대문 앞에 쭈그리고 앉아 앞산 너머로 보이는 높은 산을 바라보며 '나는 왜 이런 환경에서 태어났을까' 생각하며 하염없는 눈물을 흘렸다.

오빠는 결혼 전까지는 이런 사람이 아니었다. 단 한 번도 어머니와 싸워 본 적이 없는 부드러운 사람이었다. 그런데 결혼한 후부터 술꾼으로 변했다.

나의 하루하루는 지옥이었다.

두려운 밤이 또 돌아왔다.

"오늘 소 팔았소?"

"안 팔았다!"

"내가 어제 그렇게 당부를 했는데 안 팔았어라우?"

오빠는 화가 났는지 미친 듯이 소리를 질렀다.

이런 전쟁이 하루도 빠짐없이 지속되자 견디다 못한 어머니는 어쩔 수 없이 소를 팔아 돈을 주었다.

하지만 그것도 잠시뿐 이제는 전답을 팔아달라고 했다. 어머니는 기가 막혀서인지 땅을 치며 사무치는 울음을 터트리셨다. 또다시 전답 때문에 시작된 다툼은 끝없이 지속될 것 같았다.

나는 이런 환경 때문에 아버지가 미웠다. 자식들만 낳아 놓으시고 너무 빨리 세상을 떠나신 것이 한없이 서글펐다. 아버지가 계셨더라면 이렇게까지 하진 않았을 텐데….

나는 학교에 가서도 집 생각뿐이었다. 공부는 아예 머릿속에 들어오지가 않았다. 학교가 끝나고 집에 가는 발걸음도 천근처럼 무거웠다. 밤마다 공포에 시달리는 것이 너무 싫었다. 어머니의 한 맺힌 울음소리도 듣기 싫었다. 그 울음 속엔 자식걱정, 앞으로 어떻게 살아야 할지 망막하여 복받치는 설움이 가득했다.

어머니가 불쌍했다. 그래서 내 자신이 더 괴로웠다. 나는 이런 슬픔과 괴로움을 달래기 위해 뒷산에 자주 올라갔다.

시끌벅적하게 울어대는 매미소리와 푸른 잔디 위에서 툭툭 뛰어다니는 메뚜기들을 부러워하며 한없이 울었다.

한참을 울다 우둘처럼 깊은 생각에 잠겼다.

'오빠가 술에 취해 찾아오지 않았으면, 어머니의 웃는 얼굴을 단 한 번이라도 보았으면… 아니, 울지 않았으면 얼마나 좋을까?'

나는 내 삶이 푸른 잎처럼 되기를 원했다. 편안하고 온유하게 말이다.

호박꽃은 꽃이 떨어질 때 굵은 눈물 한 방울이 뚝 떨어진 후에 호박이 열린다. 그럼 내 자신은 무엇을 위해, 누구 때문에 눈물을 흘리고 있을까? 도대체 알 수 없었다.

5월의 하늘은 맑고 푸르렀다.

산에는 아카시아 꽃과 밤꽃이 가득했다. 모내기가 일찍 끝난 논에는 어린모가 심어져 있었다. 그리고 비 내리듯 땀을 흘리다가도 시원한 막걸리 한 사발이면 축 처졌던 기운이 불끈불끈 솟아난다는 아저씨들이 분주히 일하고 있었다.

가족들은 붉은 노을이 지고 어둠이 사람 형체를 보일 듯 말듯 비출 때면 집으로 들어왔다.

그러던 어느 날 어머니께서 이마를 찡그리시며 화난 얼굴로 소리치셨다.

"동일아! 동일아! 너 어디 있냐, 나 좀 보자!"

"왜요?"

"너, 나리 에미년하고 무슨 사이인지 사실대로 말해 봐라!"

"그게 무슨 소리세요?"

"오늘 보성댁네 일하러 갔는데 니놈이 가끔 그년 집에서 자고 새벽에 나오는 것을 동네 사람들이 봤다고 그러더라. 그게 사실이냐?"

오빠는 아무 말이 없었다.

"벌써 동네에 소문이 다 퍼졌는데 너 앞으로 어떻게 할래?"

"그냥 못 들은 척하세요."

"뭐? 못 들은 척하라고? 자식놈이 나이 많은 과부하고 좋아하는데 어떤 부모가 가만히 있어! 이 속없는 놈아! 한 번만 그년 집에 가면 다리몽둥이를 분질러 버릴 테니깐 그년한테 얼씬도 하지 마라! 알았냐? 이 속창알이 없는 놈아!"

"내 인생은 내가 알아서 해요! 그러니깐 상관하지 마세요."

"뭐? 상관하지 말라고? 너 지금 그게 말이라고 하냐! 못난 놈… 아이고! 내 팔자야. 내가 어서 죽어야지."

어머니는 긴 한숨을 밖으로 뿜어내셨다.

나는 이 사실을 알고 파도에 배가 출렁이는 것처럼 놀란 가슴이 요동치고 있었다. 이것은 분명 심상치 않은 일이었다. 과부는 오빠보다 나이가 열 살이나 더 많은 여자였다. 그것도 결혼을 두 번이나 실패한 기구한 팔자였다. 아이들도 둘이 있었는데 성이 각각 달랐다. 이런 일을 어느 부모가 가만히 보고만 있겠는가? 상상할 수도 없는 일이었다. 과부의 본남편은 잘 모르겠지만 두 번째 남편은 농약을 들이마시고 세상을 떠났다.

태양이 타오르는 5월, 이 날은 흐리고 바람이 불었다. 오후 세 시 쯤이었다.

나는 민숙이, 영미와 가파른 언덕을 올라갔다. 우리들은 입가에 양손을 모으고 합창으로 "야호" 하고 소리를 질렀다.

언덕에서 내려다보이는 보리밭은 산들바람에 따라 물결이 파도치듯 움직였다. 그런데 어디선가 시끌벅적한 소리가 들렸다.

"이게 무슨 소리야?"

"글쎄… 어디서 나는 소릴까? 누가 싸우나 봐!"

싸우는 소리 같기도 하고 우는 소리 같기도 했다.

"얘들아, 빨리 동네로 가보자!"

동네 가까이 오자 어느 쪽에서 나는 소리인지 우리들은 알 수가 있었다. 시멘트가 깔린 도로 앞 첫 집을 지나 동네 끝머리까지 허겁지겁 숨이 차게 걸어 올라 갔다. 나리네 집이었다. 많은 사람들이 모여 웅성거리고 있었다. 나리엄마는 얼굴이 당근처럼 사색이 된 채 울면서 미친 사람처럼 날뛰며 발을 동동 굴렀다. 나리아빠가 자살하려고 농약 한 병을 다 들이마셨던 것이다.

남자는 연한 커피색의 무릎까지 닿는 바지를 입었고 윗옷은 하얀 메리야스를 입은 채 나 좀 살려달라고 고함을 질러댔다. 응급차를 불렀지만 빨리 오지 않았다. 그래서 사람들은 소나 돼지가 먹을 수 있는 구정물을 먹였고, 나리아빠는 구정물을 먹은 후 많은 양을 토해냈다.

농약 냄새가 연기처럼 퍼져서 나는 속이 미식거리고 어지러웠다. 뭐가 힘들고 외로워서 농약을 먹었을까….

남자는 위장이 불에 타버린 것처럼 몸부림치면서 후회하는 것 같아 보였다. 그리고 몇 분 후 응급차가 도착했고 병원에서 위세척을 했지만 두 시간 후 숨을 거두었다.

이때부터 1년이 지난 후 오빠와 과부는 일 핑계로 자주 만나다 보니 알게 모르게 정이 들었고 그것이 연인 사이로 변해 갔던 모양이었다.

원래 오빠는 서울에서 직장생활을 했었다. 그런데 어머니께서 농사일을 할 사람이 없다고 오빠를 집에 내려오라고 했던 것이다. 차라리 그냥 그대로 직장생활을 했더라면 남들과 똑같이 등푸른 생선처럼 싱싱한 젊은 아가씨를 만났을 텐데 어쩌다 이렇게 엮이게 되었는지 상상할 수도 없는 일이었다. 이제 나이 스물여덟이었다. 손재주가 좋아 동네 사람들에게 인기가 좋았다. 전기부터 시작해서 전자

제품들을 모조리 다 고쳤다. 건축일은 물론이고 무엇이든 잘 만들었고 못 하는 게 없었다.

이런 재주를 갖고 있는 새파란 총각과 나이 많은 과부가 사랑의 꽃을 피워 마음속에 불이 활활 타오르고 있었다. 동네 사람들은 재미있다는 듯 둘만 있으면 수군거렸고 밭에 나가 일하다가도 서로 모이기만 하면 두 사람 흉을 보곤 했다.

어머니는 날이면 날마다 "미친 새끼, 호랑이가 열두 번 물어갈 놈, 짐승만도 못한 놈, 내가 못 살겠다, 너 죽고 나 죽자!" 하며 울부짖곤 하셨다.

사랑이 뭐길래 정이 뭐길래 서로의 가슴의 벽이 얼마나 두텁길래 이토록 부모 가슴을 애타게 만드는가. 두 사람의 목숨이라도 바칠 수 있는 사랑인가… 하고 깊은 생각에 잠기곤 했다.

어머니는 두 사람을 뜯어 말리기 위해 과부를 불러다 나무라기도 하고 물고기가 물 없는 곳에서 팔닥팔닥이며 고통받는 것처럼 어머니는 가슴을 치며 울기를 수없이 반복했다.

나는 이런 삶이 싫어 마음이 답답해 마을에서 계곡으로 가는 길을 걸었다.

마을은 삭막하고 조용했다. 누군가의 숨소리조차 들리지 않는 산기슭에 혼자 사는 것처럼 느껴졌다. 아주 평화롭고 잔잔했다. 그리고 맑고 푸른 하늘에 떠 있는 태양은 유리그릇과 얼음처럼 눈부시게 빛났다. 또 계곡 가에 자란 풀잎들은 자석처럼 붙어 사랑을 속삭이는 듯했다.

슬픈 그녀의 행복

나는 물속에 작은 바위처럼 튀어나온 돌멩이 위에 앉아 흐르는 물소리를 들었다. 투명하고 맑은 시냇물이 졸졸졸 흐르고 있을 때 내 눈에서도 눈물이 뺨을 지나 목까지 흘러내렸다. 나의 삶도 저렇게 흐르는 물처럼 아래로만 흘렀으면 했다. 난 슬픔으로 가득 차 높은 산의 절벽으로 물을 올리는 것만 같았다. 내 인생도 언젠가는 쉽게 아래로 흐르는 물이 되겠지… 하고 생각할 때 개울가 옆 풀 속에서 두꺼비만 한 왕개구리 한 마리가 하얀 배를 불룩 내민 채 튀어나왔다.

개구리를 보는 순간 그 여자가 생각났다. 확 뺨을 한 대 때려주고 싶은 그 여자, 아니 머리채를 다 뽑아버리고 싶은 과부댁, 어머니를 힘들게 하고 오빠의 젊은 인생을 망쳐 놓은 몹쓸 그 여자가 왕개구리를 닮아 있었다.

굵은 쌍꺼풀에 커다란 눈망울이 튀어나올 것 같은 모습과 동태알처럼 굵게 나온 눈으로 눈웃음 짓는 것이 개구리 같았다. 하얀 피부에 보름달처럼 둥글며 이목구비가 뚜렷한 얼굴이었다. 그리고 시골 아낙네답지 않게 예쁘장하면서 세련되어서 가만히 있어도 누군가가 다가올 수 있는 미모의 여자였다.

난 그 여자가 죽도록 미웠다. 물론 오빠는 더더욱 미웠고 분노와 미움이 가슴에서 머리끝까지 차올랐다.

그 여자는 오빠에게 어떻게 했을까? 아마 엄마처럼, 누나처럼, 때론 애인처럼, 친구처럼 눈 녹듯이 녹였을 것이다. 이런 쇳덩어리와 같은 사랑을 누가 녹일 수 있을까?

이렇게 사랑이 싹튼 지 6개월이 지나고 있었다. 오빠는 집안일에는 아예 무관심한 채 틈만 나면 3일 간격으로 과부댁에서 자고 들어왔다. 그러자 어머니는 또다시 소리를 지르기 시작하셨다.

"너 지금 제정신이냐?"

"신중 끊으세요!"

"뭐? 뭐가 어쩌고 저째? 예라 이 빌어먹을 놈아. 차라리 나를 죽여라 죽여!"

어머니는 또다시 울부짖으셨다.

"뭣 하러 나를 낳아가지고 이런저런 꼴을 보게 만든당가 어매, 어매…."

낮이나 밤이나 애타는 서글픈 울음소리였다.

어머니는 보다 못해 서울에 사는 큰언니를 내려오라고 했다. 잘못된 지독한 사랑을 어머니의 힘으로 도저히 말릴 수 없어서였다.

며칠 후 언니가 내려왔다. 오후 여섯 시쯤이었다. 집에 들어서자마자 사자처럼 변한 얼굴로 마구 욕설을 퍼부었다.

"이 미친 새끼, 어디 있어?"

오빠는 이불을 뒤집어쓴 채 방에 누워 있었다. 큰언니가 왔는데도 죽은 굼벵이처럼 꼼짝도 하지 않았다.

"너, 일어나 봐."

그래도 아무 말도 하지 않았다. 그러자 언니는 덮고 있던 이불을 확 걷어냈다.

"여러 사람 고생시키고 동네 창피당하고, 세상에 여자가 그렇게도 없어 나이 먹은 과부년하고 붙어 먹냐? 이 더러운 새끼야, 너는 인간도 아니야! 애새끼 둘 있는 것도 성이 다른데 그 여자가 그렇게도 좋더냐? 이 짐승만도 못한 놈아, 너 그 여자하고 살고 싶으면 멀리 제주도 가서 살든가 아니면 호적을 파가든가 둘 중에 하나 선택해!"

그래도 오빠는 누워서 아무런 대답을 하지 않았다. 10분이 지나고 15분이 될 무렵 입을 열었다.

"내 인생이니깐 상관하지 마! 나는 부모도 없고 형제도 없어! 이젠 나 혼자야. 호적 파가고 집에 발걸음도 끊을 테니깐 내 인생에 대해서 상관하지 마."

오빠는 그 후 과부댁 친정동네에 들어가 살림을 차리고 호적을 파갔다. 세월이 흘러도 집에 발걸음 한번 하지 않다가 먼훗날 찾아왔다.

한편 내가 자유롭고 마음 편하게 놀 수 있었던 날들은 함박눈이 내리는 날과 장대비가 쏟아지는 날과 달이 환하게 떠오르는 정월대보름날 저녁이었다.

항상 자기 멋대로 변덕이 심한 날씨, 화창하다가도 구름이 덮여 비가 오는 날씨가 내 감정과도 똑같았다. 아무렇지 않다가도 짜증나고 때론 슬퍼지는 내 감정들, 나는 이런 날씨와 친구삼아 살아갈 수밖에 없었다.

여진이가 찾아왔다.

"서연아, 우리 집 가서 고무줄하고 놀자."

"…안 돼."

"왜?"

"나 가연이 봐야 하거든…."

"그래. 그럼 나 집에 간다."

여진이는 손을 흔들며 대문 밖으로 나갔다. 나는 눈물이 핑 돌고 말았다. 놀고 싶었다. 마음껏 신나게….

가연이는 배다른 오빠의 딸이었다. 바쁜 농사철이면 나는 애를 업어 키워야 했다.

친구가 찾아와 놀자고 했지만 놀지 못하는 내 마음은 회오리바람 속에 섞인 흙먼지처럼 짜증과 분노가 머리끝까지 솟구쳤다.

아이들 목소리가 저 멀리서 바람결에 날아와 나를 유혹하였다. 나도 놀고 싶은 마음에 가연이를 재워야겠다고 생각했다. 나는 애를 업고 간절한 마음으로 살짝살짝 흔들었다. 그런데 몇 분이 지나도 자기는커녕 방금 밭에서 뽑아온 채소처럼 얼굴이 싱싱하게 살아있었다. 나는 화가 났다.

"빨리 잠 좀 자라 이 가시나야! 내가 너 때문에 놀지도 못하고 이게 뭐야! 내가 왜 이렇게 살아야 돼!"

가연이가 미웠다. 그래서 이를 악물고 엉덩이를 꼬집기 시작했다. 나는 심통이 나서 버들나무가 바람에 흔들리는 것처럼 애를 업은 채 마구 흔들어 댔다.

그러자 가연이는 온 힘을 다해 울었다. 울면 울수록 나는 더욱 화가 났다. 그래서 더 미친 듯이 흔들어 댔다. 이때 울음소리는 땅이 꺼질 듯했다.

몇 분 후 가연이는 울다 지쳤는지 그만 깊은 잠에 빠져들었다.

나는 애를 방에 재워놓고 서둘러 집을 나섰다. 이 세상 모든 것을 다 얻은 것처럼 행복했다. 들판에 심어진 녹색 보리밭도 아름답게 보였고 밭두렁에서 이제 막 싹을 뚫고 돋아나는 어린 풀잎도 귀엽고 깜찍했다.

나는 흥얼거리면서 보리밭 사이로 좁다란 산길을 걸어갔다. 소나무가 나를 향해 손을 높이 들어 반겨 주는 듯했다. 꽉 조여 있던 답답한 마음까지도 풀어 주는 것 같았다.

여진이는 나를 보자 반가워했다.

"애는 어떻게 했어?"

"재웠어."

"잘됐다!"

"애들아, 우리 이제 뭐하고 놀까?"

"우리 술래잡기 하자."

"그래."

하늘은 금방 비가 쏟아질 것처럼 구름이 잔뜩 껴 있었지만 비는 내리지 않았다. 하지만 내 마음속엔 굵은 장대비가 내리고 있었다. 마음이 불안해서였다.

놀 생각에 기쁜 마음으로 오긴 했지만 가연이가 일어났으면 어떻게 하나 싶어서 변덕스런 날씨처럼 즐겁기는커녕 내 가슴속 깊은 곳에서 장대비가 내리고 있었던 것이다. 그리고 근심 없이 놀고 있는 친구들이 마냥 부러웠다. 뼈가 아리도록.

난 마음이 불안해서 얼마 놀지도 못하고 집으로 향했으나 발걸음이 무거웠다. 애를 등에 업어 키우는 것도 힘들었지만 더더욱 싫었던 것은 똥, 오줌을 싸면 기저귀를 갈아 주는 것이 더럽고 너무 싫었다.

화창한 날씨 같던 마음은 온데간데없어지고 먹구름이 마음에 꽉 차 있었다. 그토록 아름답게 보였던 하늘에 떠 있는 뭉게구름과 숲과 나무들, 보리밭, 이 모두가 앙상한 가시처럼 느껴졌다.

가연이는 잠어서 깨어나 누가 잡아가기라도 하는 것처럼 곡이 터져라 울고 있었다. 게다가 똥, 오줌에 범벅이 되어 있었다. 나는 화가 머리끝까지 차올랐다.

화끈거리는 얼굴로 멍하니 바라보다가 그냥 뛰쳐나와 버렸다.

'죽든 살든 어떻게 되든지 말든지 마음대로 해라!' 하고 미친 사람처럼 화가 풀릴 때까지 신작로를 따라 달려갔다. 그리곤 중얼거렸다.

'나도 아직 다 크지 못했는데 어린 여덟 살 나이에 왜 애를 봐야 하는데? 그것도 배다른 오빠 딸을.'

울화통이 터져 눈물이 폭포수처럼 한없이 쏟아졌다.

나는 애를 보느라 한 해 늦게 학교에 들어갔다. 하지만 학교도 바쁜 농번기 철이면 애를 보느라 결석을 수도 없이 했다.

한번은 결석을 너무 많이 한다고 선생님께서 종아리에 자국이 나도록 때린 적이 있다.

어느 누구보다도 욕망이 컸던 나는 이렇게 살고 싶지 않았다.

친구들은 봄이 되면 사방팔방 가로지르며 들꽃처럼 자유로운 어린 시절을 보냈다. 하지만 난 그렇지 못했다. 내가 낳지도 않은 애를 두 명이나 돌보느라 마음속이 까맣게 타버린 것 같았다.

　7월 어느 날이었다. 하늘에 구멍이라도 낼 듯한 기세로 번개가 우르릉 쾅쾅거리며 번쩍거렸다. 빗살이 푸른 산을 가리우며 들판을 가로질렀다.

　나는 이렇게 비가 오면 마루에 앉아 하늘을 우러러보며 생각에 잠기는 것을 좋아했다.

　비가 멈춘 뒤 하늘은 다양한 구름들로 가득했다. 어린아이를 등에 업고 절구를 찧는 모습과 두 토끼가 마주보는 모양의 구름들이 보였다. 그것들이 신기해서 나도 저곳에서 살고 싶다는 생각을 했었다.

　'그럴 수만 있다면 얼마나 좋을까? 저 하늘에 떠 있는 아름다운 구름들 세상처럼….'

　비가 개고 나면 밭에는 어린 콩잎이 한창 잘 자라 튼튼해졌는데 비가 온 탓에 쓰러질 듯하였다. 깨밭에는 키다리처럼 커버린 가지에 알맹이 주머니가 계단처럼 촘촘히 달려 있었다. 그리고 햇빛을 사랑하는 것처럼 보였던 옥수수는 날개잎을 쭉 뻗어 작은 잎들을 뒤로한 채 내가 대장이야 하는 것처럼 느껴졌다.

　태양빛이 내리쬐었다. 파리와 모기떼는 서로 집주인이 되겠다고 경쟁이라도 하는 것처럼 윙윙거렸다. 하루살이도 하루만큼은 살겠다며 발버둥치듯 보였다.

　여름날의 밤하늘은 별들이 유난히도 반짝거렸다. 또 어두컴컴한 날엔 반딧불도 동에 번쩍 서에 번쩍 심술궂게 장난치는 것처럼 보여 얄미웠다.

　사람은 어느 누구나 행복하게 살 권리가 있다고 생각하며 살았다. 그래서 나도 이 세상에 태어날 때 남들처럼 주먹을 꽉 쥔 채 명예와 권력을 얻기 위해 발버둥치며 나왔을 거라고 생각했다.

　이 세상 자연들은 신기하고 아름다웠다. 나의 삶도 식물처럼 온화하게 살기를 꿈꾸어 왔다.

　그런데 모든 게 반대였다. 삶이 내 맘처럼 따라주지를 않았다. 나는 우리 집안이 죽도록 미치도록 싫었다. 어떻게 된 일인지 도대체 하루가 조용한 날이 없었다. 사람으로 태어나 이렇게 살 바엔 차라리 땅강아지가 되고 싶은 심정이었다. 인간으로 태어나서 마음 편히 아름다운 풍경 속에 파묻혀 '이게 인생이야, 행복이야' 하며 할미꽃처럼 곱디곱게 자라서 늘 푸른 소나무처럼 향기 나는 삶을 살고 싶었다. 그러나 나의 정해진 삶은 피할 수 없었다.

　밤손님이 찾아오셨다. 방배동에 사는 막내 작은아버지였다.

　"아짐. 나 왔소!"

　"이제 오시오?"

　시간이 저녁 여덟 시쯤이었다. 작은아버지는 밤에 찾아오시는 것이 이번이 처음이 아니었다. 잊을 만하면 가끔씩 찾아오는 반갑지 않은 사람이었다.

　"돈 마련해 놨소?"

　어머니는 말씀이 없으셨다. 그냥 묵묵히 앉아 손바닥으로 턱을 받친 채 아무런 말도 하지 않았다.

"언제까지 이렇게 미루고 사람을 왔다갔다 하게끔 만들라요?"

"어린 조카들을 생각해서라도 그냥 그 돈 없는 폭 잡으면 안 되겠소?"

"지금 뭐라고 그랬소? 내 돈 떼어먹겠단 말이요?"

"없이 살면 남들도 그냥 도와주기도 하는데 아제는 그래도 남들한테 손 벌리지 않고 잘 살고 있지 않소…. 그러니 조카들 도와준다 생각하고 잠깐 잊어버리고 살면 안 되겠소? 돈이 있으면 당장이라도 갚아 주겠는데 어린것들이 줄줄이다 보니 이렇게 못 주고 있지 않소."

"그건 아짐 사정이지. 3개월 안으로 마련해 놓으시오!"

"아제, 너무하시오."

"내가 뭘 너무해라우?"

"1년도 아니고 어떻게 3개월 안으로 돈을 마련해 놓으라고 그라요."

"지금 내가 몇 년째 기다려 왔소? 생각해 보시오."

"그것은 알지만 그래도 몇 년은 기다려 주면 내가 갚을 테니깐 여유는 좀 줘야 되지 않겠소."

이때 작은아버지께서는 눈동자를 번쩍거리면서 얼굴을 붉히더니 거칠게 입을 열었다.

"지금 말 다했소? 그걸 말이나 되는 소리라고 하고 있소? 없으면 땅이라도 팔아서 주면 될 것 아녀라."

"죽으면 죽었제 땅 팔아서는 절대 못 줘라우. 조금만 더 기다려 주시오."

"내가 지금 몇 번째요!"

"알고 있어라우. 그래서 미안하게 생각하고 있소"

"그럼 있는 땅이라도 당장 팔아서 내 돈 주시오!"

"무슨 일이 있어도 땅은 절대 안 되라우."

"뭐라고라우?"

작은아버지는 파도처럼 거친 말들을 쏟아 부었다.

어머니는 배다른 오빠를 결혼시킨 후 곧바로 큰언니를 시집보냈다. 그래서 언니 결혼비용과 혼수 대문에 작은아버지께 돈을 빌렸는데 몇 년이 흘러도 갚지 못했다.

그 일로 인해 작은아버지는 1년에 서너 번 정도 내려와 어머니를 힘들게 하셨다.

큰언니는 내가 6살 되던 해에 결혼했다.

비가 오는 날에 언니는 시집갈 준비를 하기 위해 하얀 헝겊에 동그란 나무퀘를 받쳐 장미꽃과 학을 예쁘게 수놓았다. 어머니께서는 결혼 날짜를 앞두고 서럽게 많이 우셨다.

"너 없으면 내가 못 살 것 같은데 앞으로 어떻게 살것냐…."

언니도 어머니 때문에 마음이 편치 않아 집에서 떠나는 마지막 날까지 두 모녀가 똑같이 울곤 했다.

언니는 결혼한 후 행복한 가정을 꾸렸다. 언니 없이는 금방이라도 죽을 것 같이 보였던 어머니께서도 잘 살아가셨다.

그런데 언니가 결혼하고 1년 후부터 결혼비용으로 빌려준 돈 때문에 작은아버지께서 가끔 찾아오셨던 것이다.

어떤 날은 시골에 내려오는 것이 귀찮고 한계에 미쳤는지 집에 들어서자마자 가시 돋친 말들을 심하게 퍼부어 대셨다. 이때 어머니는 서러워 울고불고 하셨고 작은아버지는 악이 받친 모습으로 더 큰소리로 윽박지르셨다.

이런 모습을 본 나는 이를 세게 악물었다.

'내가 반드시 성공하여 작은아버지의 돈을 몇 배로 꼭 갚아 주리라. 부자로 잘 살면서 인간이라면 동정심에서라도 그렇게까진 못할텐데.'

겨울이 지나고 봄이 되었다.

아침 일찍 제비들은 노래를 부르는 듯 우는 듯 시끄럽게 지저귀고, 알에서 깨어 나온 새끼제비들은 가느다란 목을 쭉 내민 채 어미가 물어다 준 먹이를 받아먹고 있었다. 한쪽 지붕 가장자리에 또 하나의 둥지를 만들고 있는 제비도 부지런히 참새 똥과 지푸라기를 물어다 날랐다.

참새들은 떼를 지어 푸드득 푸드득 날아와 마당에 앉았다가 우루룩 배나무 위에 촛불처럼 앉아 있기도 했다. 그리고 마당에선 까치 일곱 마리가 편을 갈라 텃새를 부리며 아침부터 치열한 싸움을 벌이고 있었다. 이렇게 까치가 싸우는 것이 재미있어 구경을 하다 시간 가는 줄도 몰라서 학교에도 늦곤 했었다.

하루를 시작하는 아침은 둥지를 부지런히 짓고 있는 제비처럼 난 아침마다 학교에 갈 준비를 한 다음 집안청소를 하였다. 누가 시키는 것도 아니었지만 어머니의 일을 덜어주고 싶어서 걸레를 빨아 방과 마루를 닦고 나면 어느새 시간이 훌쩍 가버렸다. 친구들은 집에서 여유 있게 나와 여러 명씩 모여 학교에 갔는데 나는 그렇지 못했다. 어머니가 마음에 걸려서 학교에 가는 것도 싫었다. 공부시간에도 멍하니 앉아 어머니 생각으로 가득 찼다.

'오늘은 집에 무슨 일이 없을까? 몸은 아프지 않을까? 지금쯤 어떤 밭에서 무슨 일을 하고 있을까? 또 무슨 슬픈 노래를 부르다가 신세타령으로 울지는 않을까?'

그래서 가방만 들고 몸만 왔다 갔다 학교에 있을 뿐이었지 마음 편히 공부 한번 제대로 하지 못했다.

6월의 어느 날 새벽 1시쯤이었다. 갑자기 잠에서 깨어나 보니 어머니가 보이지 않았다. 큰방에서 어머니, 오빠, 동생, 나 이렇게 잠을 자고 있었다. 변소에 가셨겠지 하고 생각했는데 한참이 되어도 오지 않았다. 마음이 불안하고 무서움이 생겨 가슴이 두근거렸다.

'어디에 가셨을까? 혹시 세상살이가 힘들고 고달파 약을 먹고 죽으신 건 아닐까?' 하고 점점 더 깊이 나쁜 생각으로 빠져들었다.

어머니를 기다리며 멍하게 앉아 있었지만 한 시간이 지나도 두 시간이 지나도 들어오지 않으셨다.

오빠와 동생은 누가 업어 가도 모를 정도로 깊은 잠에 빠져 있었다. 조용한 한밤중에 애처롭게 들려오는 고양이 울음소리와 드르륵드르륵 쥐가 다니는 소리가 들렸고 멀리서 도깨비가 방망이질하는 듯한 소리와 귀신이 자갈 푸는 소리와 같은 이상한 소리만 들릴 뿐이었다.

나는 오빠와 동생을 깨우고 싶었지만 깨우지 않았다. 걱정하면 나 혼자 걱정했지 세상 모르고 달콤하게 자고 있는 두 사람을 깨우고 싶진 않았다.

그런데 세 시간이 넘어가도 어머니는 들어오지 않으셨다.

이때 나는 땅이 꺼지고 하늘이 무너져 버린 것처럼 충격을 받았다. '내 인생도 이제는 끝이구나…' 생각하며 소리 없이 울고 있었는데 내 몸이 뜨거운 불에 구운 오징어처럼 오그라지면서 부들부들 떨렸다. 이렇게 한참을 울다가 나는 중얼거렸다.

"어머니 없는 삶은 살고 싶지도 않아. 죽어도 좋아. 귀신이 나타나도, 도깨비가 잡아가도 상관없어."

그러자 갑자기 용기가 생겨나기 시작했다.

이때가 새벽 4시였다. 나는 방문을 열고 마루로 나갔다.

6월의 새벽녘은 유난히도 밝고 환했다. 방안에선 캄캄한 어둠과 이상한 소리와 짐승들 소리가 그렇게도 무서웠는데 언제 그랬냐는 듯이 다 사라져 버리고 낮처럼 환한 새벽이 신기하기만 했다. 나는 마루에 서서 집 앞에 있는 넓은 들판을 바라보았다.

뭔가 시커먼 물체가 움직이는 것이 보였다. 나는 깜짝 놀라 눈을 크게 뜨고 보았다. 믿어지지 않아 좀 더 자세히 보니 어머니가 누렇게 익은 보리를 베어 놓은 밭에서 혼자 일을 하고 계셨다. 농번기 철이라 일손도 부족하고 혹시나 비가 올까봐 마른 보리를 묶어 한곳에 모아두려고 잠도 자지 않고 몇 시간째 베어 놓은 보리를 묶고 계셨던 것이다.

　이런 어머니의 모습을 보는 순간 가슴이 미어터지는 고통과 갈기갈기 찢어지는 듯한 아픔 때문에 눈물이 펑펑 흘러내렸다. '낮에 일 하시는 것도 힘든데 밤에 잠도 자지 않고 누구를 위해서 저렇게 일을 하고 계실까? 하고 눈물이 하염없이 흘러내렸다. 그리곤 중얼거렸다.

　'내가 커서 어머니를 꼭 편안하게 모셔야지….'

　나는 방에 들어와 그만 새벽잠에 빠져들었다.

　아침이 되었다. 마당가 담 벽에 나팔꽃이 활짝 피어 동튼 태양을 향해 방긋 웃고 있었다. 난 마음이 편치 않았다.

　'어머니는 얼마나 힘드실까?'

　어머니는 이틀을 달밤에 밭에 나가 일하시고 돌아와 새벽밥을 지으셨다. 그러면서도 우리들에게 그런 내색 한번 하지 않으셨다.

　어느새 여름이 지나고 가을이 되었다. 산과 들과 논밭에도 곡식과 열매가 무르익어 갔다. 햇님을 보고 환하게 웃던 해바라기도 고개를 숙인 채 깊어가는 가을을 맞이하고 있었다.

　서서히 싸늘한 가을바람이 불어온다. 그러다가 거센 칼바람이 산과 들에 붉게 물든 단풍과 나무 옷들을 하나씩 벗겨 내면서 우울한 겨울이 찾아온다.

　난 가을이 싫었다. 봄, 여름을 무척이나 좋아했는데 가을이 되어 단풍이 물들수록 쓸쓸함과 외로움이 물밀듯이 밀려왔다. 그냥 바람만 불어도 눈물이 났다.

어느덧 가을이 떠나가 버리고 나무마다 낙엽이 다 떨어지고 마른 잎이 몇 개 남아있을 무렵 어머니께선 시름시름 앓기 시작하셨다. 그래서 겨울 동안 서울 언니네 집에 계시면서 병원에 다니셨다.

나는 아침밥을 해서 오빠와 동생을 챙겨주었다. 아침에는 나 혼자 알아서 모든 것을 다 했지만 저녁만큼은 하기가 싫었다. 해가 질 무렵이면 그냥 괜히 짜증이 나고 우울했다. 그래서 어떤 날은 한 살 어린 남동생한테 걸레를 빨아서 방과 마루를 닦으라고 시키고 어떤 날은 설거지를 맡겼다. 동생은 처음에는 잘하다가 나중에는 힘들고 싫었는지 말을 듣지 않았다. 그래서 발길질로 차버렸다.

동생도 화가 났는지 주먹으로 내 어깻죽지를 쳤다. 그러다가 서로 발로 차고 주먹으로 치고 박고 한참을 싸우다가 동생의 얼굴을 다 꼬집어 뜯어 놨다. 그리곤 "걸레 빨아서 청소할래? 아니면 설거지할래?" 하고 명령을 내렸다. 동생은 설거지를 하겠다고 말했다.

이렇게 한번 싸우고 나면 동생은 "오늘은 내가 설거지할래!" 하거나 어떤 날은 "걸레 빨아서 청소할래!"라고 미리 말하며 알아서 잘 했다.

어느 날 나는 방을 닦다 말고 방문 틈사이로 동생이 설거지하는 모습을 보았다. 여자도 아니고 남동생인데 내가 너무하는 것 같아 짠해 보였다.

어머니는 겨울 내내 서울에 계시다가 오셨다.

봄이 찾아왔다. 웬 바람이 그렇게 심하게 부는지 장독 위에 올려진 뚜껑이나 기와지붕 앞에 받쳐진 철판이 민속놀이라도 하듯 쨍글

쨍글, 탕탕거리며 요란스러웠다.

　마음속 오장까지도 다 밖으로 날려 버릴 것 같은 봄바람이 불었다. 어머니는 아픈 다리를 쩔뚝거리며 걸어다니셨는데 병아리가 힘없이 죽어가는 모습처럼 보였다.

　겨울동안 서울에 계시면서 병원에도 여러 군데 다녀보았지만 뚜렷한 병명도 없고 나아지지 않았다. 그동안 집에서도 여러 한약들을 수도 없이 드셨다. 또 도둑나무 뿌리도 캐다가 달여 먹기도 하고 누가 염소와 고양이가 좋다고 해서 이것도 약으로 드셨다. 그런데도 아무런 효과가 없었다. 그렇게 시간이 흐를수록 다리는 점점 악화되어 아예 걷지 못하게 되어 버렸다. 그래서 어머니는 이젠 점을 보고 무당을 데려다가 굿을 하였다.

　어느 날 학교에서 돌아와 보니 눈꼬리가 올라가고 보통 사람과 다른 얼굴의 이미지를 하고 있는 아줌마 한 분이 있었다. 나는 누군지 묻지도 않았다. 집안 구석구석을 살펴보니 무엇을 하려고 하는지 대충 알 수가 있었다. 저녁을 먹고 7시쯤 되니까 무당이 준비 작업에 들어가고 있었다. 하얀 옷으로 갈아입고 파란 띠와 빨간 띠를 두른 다음 징을 가지고 외양간으로 들어갔다.

　무당은 어머니께 아버지귀신이 들어갔다고 했다. 어린 자식들을 놓고 먼저 가신 것이 마음에 걸려 돌아가신 아버지께서 어머니가 불쌍해 곁에 있는 것이라고 말했다. 무당은 외양간에서 한참동안 뛰고 소리 지르고 하더니 징을 가지고 방으로 들어갔다. 방안에는 무당을 비롯하여 마을사람들이 옹기종기 모여 앉아 있었고 셋째 이모도 와 계셨다.

이모는 보리쌀과 대나무이파리를 꺾어와 방 한가운데 놓았다. 무당은 누가 신대 좀 잡을 사람 없냐고 물었다. 사람들은 서로 쳐다보며 잡지 않으려고 애를 썼다. 서로 눈치만 보고 있자 무당은 어느 한 사람에게 강제로 떠맡겼다. 그리고 방 가운데 신대를 잡은 사람을 놓고 징을 두드리며 알아듣지 못하는 말을 해댔다. 얼마쯤 시간이 흐르자 신대를 잡은 사람의 손이 살짝살짝 떨리더니 나중에는 온전한 손이 아닌 것처럼 흔들어 댔다. 이때 무당은 말과 징소리를 멈추었다. 그러자 신대를 잡고 있던 사람의 손도 서서히 멈추게 되었다. 방안은 숨소리조차 없이 조용해졌다.

신이 내린 아줌마 속에 아버지가 들어갔던 모양이었다. 그런데 아무런 말이 없고 기침만 가끔 한 번씩 해댔다. 이모는 옆에서 아버지께서 살아계실 때 헛기침을 많이 했다고 말씀하셨다.

어머니는 갑자기 울음을 터트리며 왜 이렇게 나를 고생시키냐고 하시면서 아버지께 따지셨다. 이모도 옆에서 말씀하셨다.

"형부, 말 좀 해보시오. 어린 자식들만 남기고 먼저 가셔 놓고 왜 언니를 못살게 그라요…. 언니가 아프면 이 자식들 누가 돌보라고 언니 옆에 붙어서 왜 놔주지를 않소. 예? 형부, 말 좀 해보쇼. 말 좀 해보라고요."

그래도 아줌마 속에 들어간 아버지는 아무런 말이 없었다. 그렇게 헛기침만 한 번씩 하다가 애정과 슬픔에 잠긴 눈빛으로 고개를 돌리며 여기저기 살피고 있었다. 사람들은 또다시 침묵에 잠겼다.

그때 이모가 "형부, 누구 찾으요? 자식들이 보고 싶소? 여기 있소. 막내딸, 막내아들 이렇게 많이 컷서라우"라고 하자 눈의 초점을 나와 동생을 향해 맞추고 한참을 쳐다보았다. 나도 눈물이 글썽거렸다. 그리고 아버지께 말하고 싶었다.

"지금 우리가 어떻게 살고 있는데요. 알고 계세요? 이건 사람 사는 게 아니에요. 슬프고 괴롭단 말이에요. 왜 우리가 이렇게 살아야 돼요? 차라리 이렇게 살게 할 바엔 그냥 저희들을 다 아버지 곁으로 데려가 버리세요."

따지고 싶었는데 입에서 말이 나오지 않았다. 너무 한이 맺혀 목까지 차올라 있었다. 틈만 나면 나는 언덕에 올라가 푸른 잎들을 보면서 아버지를 원망하며 많은 생각에 잠겨 있던 나였는데 한마디의 말조차 할 수 없었다.

굿은 여기서 끝나지 않았다. 또 다른 무당을 불러 두 번째 굿을 할 때에는 아버지 묘에 가서 산 닭 한 마리를 묶어놓고 해질 무렵에 굿판을 벌였다. 하지만 그래도 어머니의 다리는 낫지 않으셨다.

세 번째 굿은 얼굴도 아주 무섭게 생긴 무당이 왔었다. 이날은 아버지의 제삿날이었고 비가 내리는 밤이었다. 무당은 저녁 8시쯤 방 안에서 굿판을 벌였다. 입에 큰 칼을 물고 정신없이 뛰다가 제사상에 차려 놓은 밥을 이것도 밥이라고 담았냐고 하면서 밥이 담긴 그릇을 마당에 던져버렸다. 이때 나는 얼마나 무서웠던지 온몸이 덜덜 떨리다 못해 심장이 멎어버리는 줄 알았다. 굿이 지긋지긋하고 짜증이 났다. 무당의 그런 모습이 귀신을 만나는 것보다 더 무섭게 느껴졌다.

이후로 나는 밤에 잠을 자지 못했다. 낮이나 밤이나 항상 무서운 공포증에 시달렸다. 밖이나 방에 있어도 꼭 시커먼 무언가가 내 뒤에 있는 것만 같았고 청소하다가 장판 틈에 낀 보리쌀 한 톨만 나와도 깜짝 놀라 뒤로 넘어졌다. 또 대나무이파리만 봐도 무섭고 소름이 끼쳤다. 나는 오랫동안 이런 공포증에 시달려야만 했다.

그리고 어머니께 다시는 쓸데없는 굿을 하지 말라고 부탁했다.

어머니도 지치셨는지 아무런 말씀이 없으셨다.

그러던 어느 날 언니가 서울에서 책을 사가지고 왔다. 제목은 '나는 할렐루야 아줌마'였다. 나는 한 번도 교회를 가본 적이 없었다.

그런데 우연히 그 책이 내 마음에 와 닿았다. 그래서 책을 읽게 되었는데 믿을 수 없는 수많은 기적이 일어난 사연들이 담겨있는 책이었다.

나는 너무 신기해서 읽고 또 읽어 가슴속에 책의 내용을 새겼다. 그리고 끊임없이 어머니께 교회에 나가 보라고 말했지만 어머니는 들은 척도 안 하셨다.

"엄마, 제발 무서운 귀신같은 굿은 그만하고 교회에 한번 나가 보세요. 아픈 사람들이 낫는데요. 그러니깐 한번 믿어 보세요."

어머니께 애원하듯 매달렸다. 나중에는 내가 하는 말이 듣기 싫다며 화를 내셨다.

"시끄러 이 가시내야! 교회 가면 밥을 먹여 주냐, 쌀이 나오냐, 돈이 나오냐? 내 앞에서 예수쟁이 말 한 번만 더 꺼내기만 해 봐, 알았냐!"

하지만 어머니의 말이 무섭지 않았다. 내 마음속엔 '나는 할렐루야 아줌마'가 굳게 자리 잡고 있었다. 교회에 나가시기만 하면 걸어 다닐 수 있을 거라는 확신이 있었다. 그래서 어머니 옆에 믿지 않는 고모가 있어도 더욱 강하게 전도했다.

고모는 "저 가시내가 미쳤나 보네. 재수 없는 소리 하지도 마라"고 소리쳤다. 장손, 장남 집안에 무슨 예수쟁이냐면서 말이다. 그래도 나는 계속해서 어머니께 귀가 따가울 정도로 말했다. 그러자 어머니는 지푸라기라도 잡고 싶은 심정이었는지 점차 변하시기 시작했다.

어느 날 깊은 밤에 무언가 중얼거리는 소리가 들렸다. 나는 눈을 뜨고 가만히 귀를 기울여 보았다. 어머니의 기도소리였다. 간절한 눈물의 기도가 한달쯤 되자 걷지도 못했던 어머니는 걸어서 교회를 다니시게 되었다.

마음속에 그려 놓은
나의 이상형

맑고 푸른 하늘에는 하얀 목련꽃이 피어오르듯 파란 바탕 위에 흰 구름이 넝쿨처럼 아름답게 펼쳐져 있었다. 따뜻한 햇살아래 바둑이는 마당 한구석 모퉁이에 쇳줄로 묶여 있어 꼼짝도 못한 채 나를 빤히 쳐다보았다.

바둑이는 눈이 오는 것을 무척 좋아했다. 바보 같은 바둑이는 흰 눈이 쌀밥으로 보였는지 눈이 휘날리는 날엔 미친 듯이 뛰어다니곤 했다. 이런 바둑이가 좋아서 함께 산책을 가려고 하는데 어머니가 부르셨다.

"서연아, 가서 막걸리 한 되 받아 와라. 내일 동네 사람들 불러다가 일하기로 했다."

"알았어요."

나는 주전자를 들고 집을 나섰다. 그런데 막걸리집에 거의 가까이 오자 욕이 섞인 남자와 여자의 목소리가 들려왔다. 나는 무슨 일인가 궁금해서 발걸음을 재촉했다. 두 남녀가 막걸리집 마당에서 싸우고 있었다. 내용은 격한 흥분 때문에 알아들을 수 없었지만 남자는 술에 많이 취해 있었다.

'도대체 무슨 일로 싸울까?'

궁금했지만 알 수 없었다. 그렇게 한참동안 싸우더니 남자는 갑작스럽게 욕을 퍼부었다.

"니미 씨팔, 좆같은 거. 내가 옷 다 벗어버린다!" 하더니만 윗옷을 벗어던졌다.

그리곤 "씨팔!" 하더니 아래바지까지 벗으려고 하자 명자엄마는 돌아서서 빠른 걸음으로 빈 밭으로 도망을 쳤다. 이때 남자는 번개처럼 팬티까지 벗어버리고 "이년아! 너 어디 가, 거기 안 서!" 하고 소리를 지르며 쫓아갔다.

명자엄마는 민망하고 무서웠는지 재빨리 도망쳤지만 그만 붙잡히고 말았다. 그것도 동네에서 훤히 다 들여다보이는 밭 한가운데서 싸움이 또 한바탕 벌어졌다. 알몸을 한 남자는 시커먼 작은 솔밭에 짜리몽땅한 게 축 늘어져 몸을 움직일 때마다 대롱대롱 흔들렸다.

남자는 이성을 잃은 모습으로 여자의 머리채를 잡았다. 그러다가 몸과 팔이 서로 엉키더니 흙밭에서 한 바퀴, 두 바퀴 뒹굴며 너 죽고 나 죽자는 꼴이었다.

"씨팔, 너 오늘 나한테 죽어봐! 이년아." 하며 두 사람은 격렬하게 싸웠다.

추하고 한심스러운 이런 장면을 보면서 나는 생각했다.

'술 먹는 남자하고는 절대 결혼하지 않을 거야. 그리고 교회 다니

슬픈 그녀의 행복

는 착한 남자에다 눈썹은 짙고 쌍꺼풀 진 동그란 눈에 머루 포도알 같은 까만 눈동자와 눈물에 살짝 고인 듯한 별빛 같은 눈빛, 하얀 피부에 코는 오똑하고 꼬막처럼 작고 앵두같이 빨간 입술, 키는 175cm 정도에 날씬한 몸매를 가진 남자를 만날 거야!' 하고 이상형을 그려 놓았다.

그리고 장남이 아니기를 원했다. 그것은 아버지께서 장손에다 장남이었기 때문에 어머니께서 고생을 많이 하셨고 일주일이나 보름, 한 달 간격으로 다가오는 제사가 너무 싫었기 때문이다.

이렇게 한참을 생각하던 나는 정신을 차리고 나의 모습을 보았다. 주전자를 들고 멍하니 서 있는 내 모습이 꼭 바보 같다는 느낌이 들었다. 내가 지금 무엇을 보고 있었는지 창피하기도 해서 쥐구멍이라도 들어가고 싶었다.

그리고 보지 못할 것을 보았기 때문에 큰 충격을 받았다. 그래서 축 늘어진 몸으로 막걸리를 받아 집으로 향하면서 마음속에 그려놓은 이상형을 다시 한 번 떠올리며 걸었다.

'꼭 그런 사람을 만나야지….'

집에 돌아오자 어머니께서는 "넌 막걸리를 만들어 오냐?" 하고 물으셨다. 난 아무 말도 하지 않았다. 그러자 어머니께서는 내 얼굴을 보시더니 말씀하셨다.

"너 어디 아프냐? 왜 갑자기 기운이 없냐."

"저 아픈 데 없어요."

조용히 방에 들어가 누웠다. 이상형을 떠올리면서 깊은 잠에 빠졌다. 일어나 시계를 보니 4시였다. 나는 방에서 나와 마루에 앉아 있었다. 잠을 자고 일어났는데도 마음이 개운하지 않는데 마침 바둑이가 나를 보고 꼬리를 살랑살랑 흔들었다.

나는 알몸을 한 남자와 여자가 싸우는 장면을 잊기 위해 바둑이를 데리고 뒷산에 올라갔다. 곳곳에서 지저귀는 산새들 소리에 바둑이도 신이 났는지 사방팔방 두리번거리며 뭔가를 찾는 듯했다. 나는 활짝 핀 진달래꽃 옆에 다가가 수염 같은 붉은 수술들을 뽑아 손바닥에 수북이 올려놓고 바둑이 코에 바짝 대어주었다. 그러자 바둑이는 콧구멍을 실룩거리며 향긋한 냄새를 맡았다. 나는 바위 위에 앉아 우거진 숲속의 풍경들을 바라보았다. 푸른 숲 사이 몽실몽실한 꽃송이들이 붉게 피어 있어 미지의 꿈속에 와 있는 느낌이었다.

한참을 꽃향기에 젖어 깊은 생각에 잠겨 있다 보니 어느새 바둑이는 보이지 않았다. '이게 어디로 갔지?' 하며 고개를 좌우로 둘러보니 바둑이는 저 멀리서 뛰어놀고 있었다. 난 영롱한 환상에 젖어 탐스런 꽃잎들을 바라보았다.

'아름다운 꽃송이들이 1년 내내 피어 있으면 얼마나 좋을까? 어느 날 활쫙 핀 미소로 잠시 머물다 평생 물 한 모금 먹어보지 못한 것처럼 볼품없이 시들어 버리는 꽃송이들… 사람도 늙으면 이렇게 되겠지.'

이런저런 생각을 하다 보니 어느새 시간 가는 줄도 몰랐다.

"바둑아! 집에 가자."

이름 한번 부르자 보이지 않던 바둑이가 불쑥 나타났다.

나는 바위에서 일어나 서서히 발걸음을 옮겼다. 그런데 자꾸만 짙은 향기의 꽃잎들이 내 발목을 붙잡는 것처럼 느껴졌다. 그래서 다시 한 번 뒤를 돌아 발걸음을 멈추고 활짝 웃는 꽃잎들을 바라보았다.

'이 꽃들이 지고 나면 아카시아꽃과 밤꽃이 하얗게 뒤덮겠지?' 하고 생각하니 마음이 흐뭇해지고 서운함이 사라졌다.

상쾌한 산책을 한 후 바둑이와 산에서 내려와 집으로 돌아왔다.

두 살 많은 오빠 친구들이 모여 축구를 하려고 팀을 나누고 있었다. 오빠가 나를 보자 기다렸다는 듯이 반갑게 다가와 말했다.

"우리 축구하는데 인원수가 부족하니까 너 골키퍼 해라."

"난 안 해!"

"까불지 말고 말 들어!"

나는 대문 밖으로 도망을 갔다. 오빠는 뛰어와 나를 붙잡아다가 마당 끝에 세워 놓았다. 난 남자들이 하는 축구 따윈 아무런 관심이 없었다. 또 남자들 속에 여자인 나 혼자 끼어 있는 것도 쑥스러워 토마토처럼 얼굴이 붉어지면서 화끈거렸다.

"너, 여기서 공 들어오는 거 정신 똑바로 차리고 잘 잡아라!"

"몰라! 난 그냥 서 있기만 할 거야."

드디어 축구가 시작되었다.

나는 마당 끝에서 몸만 나무마냥 우두커니 서 있었지 머릿속은 딴 생각으로 가득 차 있었다. 마음속에 그려 놓은 이상형 생각이 가득했고 산에서 본 꽃송이들이 영화의 한 장면처럼 머릿속에 스쳐 지나갔다.

그러다 보니 공이 내 앞에 날아오는 것도 몰랐다. 그래서 공을 잡지 못했는데 오빠는 내게 뛰어와 찡그린 얼굴로 말했다.

"이 가시내야! 너 지금 뭐하고 있냐. 그거 하나도 못 잡냐? 지금부터라도 정신 똑바로 차리고 잘 봐!" 하고는 홱 하니 돌아서서 마당 한가운데로 걸어갔다.

'그러니까 시킬 만한 사람한테 시켜야지. 여자가 이게 뭔 꼴이야!'

오빠는 틈만 나면 친구들을 불러 모아놓고 마당에서 축구하는 것을 좋아했다. 우리 집 마당이 넓어 축구하기엔 다른 집보다는 훨씬 좋았다. 그래서 오빠 친구들은 공을 가지고 우리 집에 자주 놀러오곤 했었다.

따분하고 지루한 축구가 끝나기만을 기다렸다. 공도 내 앞으로 날아오지 않아 심심해서 또다시 딴 생각을 하기 시작했다. 그것은 축구를 하고 있는 오빠가 나한테 한 얄미운 짓에 대한 생각이었다. 내가 제일 무서워하는 것이 한 가지 있었다. 고구마순 넝쿨이나 콩잎에 붙어 있는 새파랗고 징글맞게 생긴 통통한 벌레였다.

난 정말 두 뿔이 달린 벌레를 보면 경기를 할 만큼 무서워했다. 그런데 오빠는 심술스럽게도 내가 이 벌레를 무서워하는 것을 알고 난 후로는 그 벌레를 잡아다가 몰래 등 뒤에 와서 내 옷 속에 집어넣었다. 나는 그 순간 몸에 불이 붙어 뜨거워 요동을 치는 것처럼 악을 쓰며 펄펄 날뛰었다. 이런 모습을 본 오빠는 더 재미있어 하며 벌레를 가지고 날 놀려주는 것이 아예 취미가 되어 버렸다.

하루는 또 벌레를 잡아와 몰래 등 속에 넣으려고 할 때 난 죽어라

하고 도망을 갔으나 오빠는 벌레를 손에 쥐고 끝까지 달려와 내 뒤를 쫓고 있었다.

나는 다리를 후들후들 떨며 울면서 들길을 가로질렀다. 그러다가 끝내는 붙잡혀 무섭고 징그러운 벌레와 부딪히고 말았다.

나는 벌벌 떨며 "야! 이 미친놈아!" 하고 땅바닥에 주저앉아 한없이 목이 터져라 울었다.

이때도 오빠는 재미있다는 듯 웃으면서 기분 좋아 어쩔 줄을 몰라 했다.

그런데 지금 오빠를 바라보고 있으니 그 일이 생각난 것이다. 나는 갑자기 복수심이 끓어올랐다.

'두고 봐라. 공이 날아와도 내가 붙잡나!'

내가 마음을 삐뚤게 먹은 탓 때문일까? 계속해서 공은 내 앞에 날아오지 않았다.

그래서 아예 관심을 갖지 않고 또 깊은 생각으로 빠져들었다. 난 이상형을 얼마나 뚜렷하게 그려 놓았는지 마음속에서 잠깐이나마도 지워지지가 않았다. 꼭 종이에 찍어 놓은 도장같이 내 머릿속에 뚜렷하게 남아 맴돌고 있었다.

'나는 언젠가는 그런 남자를 꼭 만나고 말 거야.'

쌍꺼풀 진 커다란 눈과 머루포도처럼 까만 눈동자에 별빛처럼 눈물에 살짝 고인 듯한 눈빛… 생각만 해도 가슴이 설레었다.

'언제쯤 만날 수 있을까? 스무 살? 스물한 살? 이십대 중반? 아니면 후반? 아니야. 이십대 후반은 너무 길어. 난 이상형을 스물한 살

꽃다운 나이에 꼭 만날 거야.'

나는 몇 차례 많은 생각들을 했다. 그런데도 어떻게 된 일인지 공은 첫 타임에 한 번 날아오고 계속해서 날아오지 않았다.

'그냥 가만히 돌래 사라져 버릴까?' 하고 생각하다가도 '아니야, 그러다간 호랑이 같은 오빠한테 맞아 죽겠다' 생각하며 지루하게 참고 있었다.

해는 어두컴컴하니 저물어 갔다. 그래서 축구는 끝이 났다.

난 걸어 다닐 때나 세수할 때에도 별빛 같은 눈동자와 꼬막처럼 작은 입에 빨간 앵두 같은 입술을 가진 이상형이 계속 떠올랐다.

어떻게 보면 알몸으로 싸운 그 아저씨가 그맙기도 했다. 그 장면을 보지 않았더라면 나는 이런 이상형을 그려 놓지도 못했을 것이다.

예고 없는 아픔

새벽 1시쯤이었다.

갑자기 배가 숨조차 쉬지 못할 만큼 칼로 도려내는 것처럼 아팠다. 이때 나이 스물한 살, 몇 분 동안의 아픔이 이제까지 살아온 날과 앞으로 살아갈 날의 아픔까지 한순간에 몽땅 다 아파 버린 것처럼 잠깐의 고통이었지만 너무나 끔찍했다.

나는 지영이와 밤늦게 라면을 끓여 먹었다.

일이 끝나고 나면 늘 그렇듯이 우리는 즐거웠던 일, 기분 나빴던 일 등 수다를 떨다 11시쯤 잠자리에 누웠다.

깊은 잠에 빠진 후 2시간쯤 되었을 때였다. 갑작스런 배의 통증 때문에 몸을 살짝 움직이지 못한 채 죽은 사람처럼 가만히 누워있어야만 했다.

"지영아, 나 배창자가 터질 것처럼 아파 죽겠어…."

이렇게 말을 하고 싶었지만 숨조차 쉬지 못할 만큼 아팠기 때문에 말할 수 없었다.

눈을 뜨고 벽에 걸려 있는 시계를 보니 1시 5분쯤이었다. 그런데 손가락 하나 까딱하기 힘들 정도로 아프던 배의 통증이 언제 그랬냐는 듯이 서서히 사라져 갔다.

몇 분의 짧은 그 순간이 너무 끔찍했다. 내가 이제까지 살아오면서 그렇게 심하게 아파본 적은 처음이었다. 그래서 더 이상 잠이 오지 않고 무서웠다. 또 아플까 봐 두 눈을 뜨고 천장만 멀뚱멀뚱 쳐다보다 나도 모르게 어느새 잠이 들었다.

아침이 되었다. 지영이가 먼저 일어나 머리를 감고 드라이기로 머리를 말리고 있었다. 나는 어젯밤에 있었던 일을 말했다. 지영이는 토끼눈처럼 동그랗게 뜨며 깜짝 놀랐다.

"이제 괜찮아?"

"응, 밤엔 칼로 배를 도려내는 것처럼 아팠어. 근데 지금은 많이 아프지는 않은데 숨 쉴 때마다 옆구리가 조금씩 아파."

"다행이네."

"근데 밤에 있었던 통증을 생각하면 정말 끔찍해."

"어떻게 아팠길래 그래?"

"1, 2분 정도였는데 그 순간엔 몸도 움직이지 못하고 너를 부르고 싶었는데 말까지 나오지 않았어."

"그 정도였어?"

"응."

"그럼 오늘 병원에 한번 가봐."

"병원은 가기 싫어."

"안 돼! 그래도 가봐야 돼."

슬픈 그녀의 행복

"무서워서 못 가겠어."

"그래도 아무 이상 없겠지 생각하고 갔다 와 봐."

"그래 알았어."

신정동 오거리에 있는 ○○병원으로 갔다.

나는 원래 겁이 많다. 그래서 진찰받기 전까지 잔뜩 겁을 먹어 부들부들 떨고 있을 때 간호사가 불렀다. 난 의사에게 어젯밤에 있었던 증상을 조목조목 말했다. 그러자 의사는 위장병이라고 약만 이틀분 처방해 주고 이틀 후에 다시 병원에 오라고 했다. 안도의 한숨을 쉬며 '다행이다' 하고 약만 먹었으나 보름이 지나도 옆구리는 계속 아팠고 통증은 더 심해져 왔다.

그러던 중 자취방 집 계단을 올라가다 그만 쓰러지고 말았다.

의식이 들어 깨어나 보니 병원이었다. 의사는 나를 이곳저곳 검사하더니 보호자를 찾았다. 빨리 입원시키라는 명령이었다. 5분만 더 늦게 도착했어도 큰일 날 뻔했다고 했다. 병명은 늑막염인데 오랫동안 지속되어 복막염으로 가기 일보 직전이라고 빨리 입원해야 한다고 말했다.

나는 언니에게 연락을 하고 곧바로 치료하기 시작했다. 젊은 의사는 커다란 주사기 같은 것을 가지고 들어왔고 간호사는 나의 윗 환자복을 걷어 올렸다. 그리고 의사는 내 옆에 앉아 "움직이지 마세요" 하고는 커다란 주사바늘을 내 옆구리에 찔렀다. 바늘이 들어가는 소리는 끔찍했고 맥이 쭉 빠지면서 식은땀이 흐르고 온몸이 굳어 버릴 것만 같았다. 그래서 의사에게 다급하게 말했다.

"빨리 바늘 좀 빼주세요! 그냥 내버려 두세요!"

의사는 곧바로 주사바늘을 빼내며 말했다.

"옆구리에 차 있는 물을 빼내야 합니다."

"저는 더 이상 굿하겠어요."

눈앞이 캄캄했다. 잠시 동안 아무것도 생각나지 않았다. '그냥 이대로 죽을까? 아니면 이 고통을 받으면서 치료를 다시 시작할까?' 이렇게 생각하고 있을 때 젊은 의사가 나가고 몇 분 후 사십대 중반으로 보이는 아주 듬직하고 자상하고 차분하게 보이는 의사가 들어왔다. 나의 상황을 들었는지 나를 편안하게 대해 주었다. 그리곤 부드러운 목소리로 "이것은 하나도 아프지 않은 거예요" 하고 내 등뼈에 작은 주사바늘을 조심스럽게 꽂았다.

바늘 끝과 이어진 기다란 줄 끝에 링거병이 매달려 있었다. 그리고 내 등뼈에서 피와 섞인 물이 나와 그 병에 고이고 있었다. 처음과 달리 얼마든지 견딜 수 있을 만큼 아프지도 않았다.

그런데 30분이 넘어가자 갑자기 어지러워지면서 오른쪽 팔과 다리가 꽁꽁 언 동태처럼 감각이 없고 굳어져 갔다. 나는 의사에게 다급하게 말했다.

"오른쪽 팔과 다리에 아무 감각이 없어요!"

그러자 의사는 "조금만 참으세요"라고 말했다. 이 말을 들은 언니와 간호사는 나의 팔과 다리를 주물러 주었다. 쥐가 났던 것이었다. 의사는 물이 잘 나오지 않을 때에는 주사바늘이 꽂혀 있는 나의 등뼈를 손바닥 끝으로 툭툭 쳤다. 그럴 때마다 온몸은 전류가 흐르는 것처럼 소름이 돋았다. 그렇게 고통스러운 순간이 40분이 되어서야 등뼈에서 바늘을 빼낼 수가 있었다. 그리고 링거병에는 등뼈에서 나온 연한 핏물로 가득 차 있었다.

  치료 후 일주일 동안 병원에 입원해 있었다. 고맙게도 지영이는 퇴근 후 저녁마다 나를 찾아와 위로해 주고 말동무가 되어 주었다.

  퇴원한 뒤 난 곧바로 일을 하게 되었다. 그러나 행복은 잠시뿐 3개월 후 또다시 재발하게 되었다. 이때 난 모든 것을 정리하고 시골에 내려가려고 준비를 했다. 지영이가 마음에 걸렸다. 그동안 히히덕거리며 즐거웠는데 떠나려니 마음이 아팠다. 퇴근 후 지영이가 들어왔다.

"나 시골로 내려가."

"그냥 여기에 있으면서 병원에 다니면 되잖아."

"안 돼."

"왜?"

"아픈 사람이 여기에서 뭐해. 아무것도 할 게 없잖아."

"또 많이 아파?"

"응."

"그럼 시골 갔다 언제 올건데?"

"나도 몰라."

"너 없으면 나 혼자 어떡해."

"그래도 어쩔 수 없잖아."

"다시 한 번 생각해 보면 안 돼?"

"그럼 네가 나 먹여 살려 줄래?"

"그렇게 할 수만 있다면 하고 싶다."

"농담이라도 고마워."

"시골에 오래 있지 말고 빨리 몸 나아서 올라와야 돼."

"다 나아도 일은 못할 것 같아. 자신이 없어."

"또 늑막염이 도질까 봐?"

"응."

"그러니깐 무리하게 일하지 말아야지."

"이젠 앞으로 조심할 거야."

"네가 간다고 하니까 엄마 잃었을 때의 기분이랑 똑같다."

"갑작스럽게 가게 돼서 미안해."

"우리 엄마가 어떻게 돌아가셨는지 알아? 내가 12살 때 돌아가셨어. 아버지한테 들은 말인데 엄마는 뭔가에 홀려서 돌아가셨대."

"에이, 설마. 그건 아주 먼 옛날얘기지."

"아니야, 나도 처음에는 믿지 않았는데 진짜야."

"그럼 그게 사실이란 말이야?"

"응."

"어떻게 돌아가셨는데? 빨리 말해 봐."

지영이는 말보다 눈물이 먼저 흐르기 시작했다. 그러다가 울먹이는 목소리로 말해주었다.

"밤 12시에 귀신이 아는 사람 목소리로 우리 엄마를 부르더래. '응개댁, 응개댁, 자는가?'

그래서 엄마가 벌떡 일어나셔서 '옥천댁, 이 밤에 웬일이요?' 하고 깜짝 놀라시며 물으셨대.

'응개댁, 급한 일인데 나 좀 따라가 주게.'

'이 밤중에 어디를 가자고 그런가?'

'나 따라오면 알게 될 거네.'

엄마는 아무것도 모르고 무작정 뭔가에 홀려서 따라갔나 봐. 그런데 가는 길이 우리 동네 뒷산이더래."

나는 이때 긴장감이 바짝 치솟았다. 두근거리는 가슴으로 지영이 앞에 더 가까이 다가갔다.

"그래서 어떻게 됐는데?"

"귀신이 우리 엄마를 산 깊숙이까지 데리고 가더니만 거기서 엄마를 죽인 거였대. 다음 날 아침 마을 사람들이 산속에서 돌아가신 엄마를 발견했대."

"그게 정말이야?"

"내가 왜 너한테 거짓말을 하겠어."

"난 도저히 믿어지지가 않는다."

"나도 믿기지가 않아서 우리 언니한테도 물어봤는데 진짜 사실이래. 그러니까 너도 시골에 가면 한밤중에 누가 불러내면 절대 밖에 나가지 마. 귀신은 꼭 아는 사람으로 둔갑해서 부른대."

"생각만 해도 무섭다."

"우리 엄마는 너무 억울하게 돌아가셨어."

"나도 마음이 아픈데 너는 오죽하겠어."

"난 네가 부럽다. 너는 엄마가 계시잖아. 난 엄마가 그립고 보고 싶어. 내 위로 언니 둘 있고 여동생도 하나 있는데 늘 외로워."

"그건 나도 마찬가지야."

"너는 그래도 엄마가 계시잖아."

"그래도 항상 외로워."

"그럼 우리 똑같은 사람끼리 우정 변치 말자."

"그래, 알았어."

"시골 내려가면 편지 자주 해라."

"알았어, 걱정 마."

나는 지영이와 이별을 하고 시골로 내려갔다.

곡식이 황금빛으로 물들어 가는 가을이었다. 넓은 들판의 벼들은 고개를 숙인 채 느른 황금바다처럼 보였다. 콩잎도 누렇게 단풍으로 물들어 갔다.

나는 한적한 시골생활이 고독하게 느껴졌다. 병세는 더 악화되었고 숨이 차서 한 발자국도 움직이지 못하고 가만히 누워 있어야만 했다.

그런데 난 정말 이상했다. 아픈 고통이 처음처럼 무섭지가 않았다. 그냥 편안했고 이대로 나의 생이 끝난다 할지라도 아무런 미련이 없을 것 같았다. 그런 나 자신이 신기했다.

그런데 어머니는 나에게 온 정성을 다 쏟아 부어 주셨다. 자식이 나 혼자만 있는 것처럼 내가 죽을까 봐 벌벌 떠시며 날 챙겨 주셨다. 나는 그냥 이대로 죽어버렸으면 했다. 그런데 어머니는 나에게 좋다는 약은 다 해 주었다. 여러 약초 뿌리에 오리 한 마리를 넣어서 끓인 것인데 씁쓰름하면서 느글거리고 고약한 냄새가 풍기는 것을 약으로 먹어야 했다. 그 맛은 궁합이 맞지 않아 나를 고통스럽게 만들었다.

또 어머니는 마을에서 개 한 마리를 사다가 한 번도 먹어보지 못한 보신탕을 먹게 했다. 처음에는 헛구역질이 나서 차마 먹을 수 없었다. 그래서 보신탕을 밥상 앞에 놓고 숟가락만 손에 들고 묵상한 채 가만히 앉아 있었다. 이런 나의 모습을 본 어머니는 흥분한 말투로 말씀하셨다.

"아무거나 대고대고 먹고 몸 빨리 나아야지. 안 먹고 이대로 죽을래?"

나는 생각을 바꿨다. 그리고 죽을힘을 다해 한 숟가락을 입에 넣었는데 목으로 넘어가지 않았다. 금방이라도 토할 것처럼 헛구역질을 하다 결국 뱉어 버렸다. 그러자 어머니는 꽹과리 같은 소리로 퍼부어 대셨다.

"너 지금 뭐하고 있는 거냐? 네가 못 먹을 것을 먹었냐! 늑막염은 잘 먹어야 낫는다고 하는데 그냥 고기다 생각하고 먹지 왜 난리법석을 떨고 요동을 치냐!"

아픈 것도 서러운데 눈물이 쏟아졌다.

어릴 적 키우던 바둑이가 생각났다. 바둑이가 꼬리를 살랑살랑 흔드는 모습이 머릿속에 아른거렸지만 어쩔 수 없이 먹기로 마음먹었다. 그런데 참 신기했다. 하루가 지나고 이틀이 지나갈수록 보신탕 맛이 달라졌다. 누린내와 비린내가 나던 것이 구수한 맛으로 변했다.

그리고 숨이 차서 걷지도 못했던 내가 차츰 걸어 다니게 되었다.

이때가 풍성하게 무르익은 곡식을 추수할 무렵이었다.

초겨울이 문턱에 와 있어서 나무들이 외롭고 추워 보였지만 나의 마음처럼 연약하진 않고 강해 보였다.

어머니는 나에게 직장생활을 하지 말라고 했다. 늑막염이 또 생길까 봐 걱정이 되어 그랬는지 모르지만 집에서 그냥 쉬라고 말했다. 그래서 광주에 사는 둘째 언니네 집에 가서 한두 달 있기도 하고 또 멀고도 가까운 셋째 언니네 집에 가서 있기도 했다. 그리고 심심하면 읍내 종합병원에서 근무하는 자인이에게 놀러가 밤이면 병원 기숙사에서 같이 자기도 했다.

그런데 자인이는 병원 앰뷸런스 기사와 사랑에 빠져 있었다. 남자 집이 고창이었는데 한번은 나에게 남자 집에 같이 따라가자고 말했다. 우리는 병원 앰뷸런스 차를 타고 고창에 갔다. 이슬비가 보슬보슬 내리는 밤에 남자는 우리 둘을 태우고 응급환자가 있는 것처럼 벨을 울리며 바람처럼 빠르게 달렸다. 시골 국도변은 차들이 그리 많지 않아 날아가기에 좋았지만 나는 너무 무서웠다.

남자의 부모님들은 나와서 우리 둘의 얼굴을 살피며 어느 아가씨가 병원에서 근무하는 사람이냐고 물었다. 자인이도 처음 가는 집이었다. 남자는 전부터 부모님께 얼마나 자인이의 자랑을 늘어놓았는지 이쪽 아가씨라고 말하자 부모님은 말 그대로 참하게 생겼다며 칭찬이 자자했다.

우리는 한 시간 동안 놀다 다시 병원으로 돌아왔다. 이때 시간은 밤 10시쯤이었다. 우리는 기숙사에 들어가 씻고 난 후 이런 저런 이야기를 나누었다.

그런데 자인이가 첫사랑 남자에 대한 말을 꺼냈다.

"너는 첫사랑을 언제 했어?"

"……."

"난 중학교 3학년 겨울방학이 끝날 무렵에 첫사랑을 했어."

"어디서 만났는데?"

"버스 안에서."

"무슨 버스?"

"군내 버스. 언니 몰래 사귀어 오다가 나중에 말했어. 오빠는 가끔 우리 자취방에서 놀다가 한방에서 언니랑 같이 내 옆에서 잠을 자기도 했어."

나는 이때 중얼거렸다.

'언니나 동생이나 속이 하나도 없구나….'

"고등학교 졸업할 무렵까지 3년 동안 사귀어 왔는데 헤어졌어."

"왜 헤어졌는데?"

"오빠는 첫사랑 애인이 있었는데… 그 여자는 서울에 있었고 오빠는 광주에서 직장생활을 했었는데 첫사랑인 그 여자를 나 몰래 만난 거야."

"진짜 양심 없는 사람이다!"

"나도 부모님 댁인 광주에 자주 가고 했는데 오빠는 언제부턴가 두 여자를 놓고 갈등하기 시작했대. 이 여자도 놓치기 싫고 저 여자도 버리기 싫고… 오빠한테는 그 여자가 첫사랑이었고 나한테는 오빠가 첫사랑이었지. 그래서 많이 울었어. 놔주지 않으려고 끝까지 매달려 봤는데 끝내 첫사랑 여자를 선택했어. 집은 광주 백운동이고 이름은 박종구야."

나는 가슴이 드끔했다. 얼마 전의 일이 생각났기 때문이다.

박종구란 사람은 나에게도 인연이 있었다. 광주 완행 직행버스를 타고 언니네 집에 가는데 어디까지 가냐고 물어왔다. 내가 월산동이라고 말하자 남자는 거기엔 누가 살며 뭐하러 가냐고 관심을 가지고 말을 시켰다.

나는 차창 밖만 쳐다볼 뿐 더 이상 아무런 대답도 하지 않았다. 그리고 월산동 돌고개에서 내리자 그 남자도 나를 따라 내렸다. 그리곤 내가 걸어가고 있는 것을 가로막고 차 한잔만 하자며 애원하듯 매달렸다. 그런 남자의 모습은 우울해 보였고 눈빛이 슬퍼보였다. 난 어쩔 수 없이 카페에 가서 차 한잔 마시게 되었는데 남자는 자신이 말을 꺼냈다.

"내가 사랑하는 여자가 있었어요. 3년 동안 사귀다가 헤어졌는데 이름이 박자인이에요. 지금도 못 잊고 괴로워하고 있어요. 아가씨가 그녀랑 많이 닮았네요."

나는 중얼거렸다.

'내 친구 박자인하고 이름이 똑같네.'

"그래요? 어디가 그렇게 많이 닮았나요?"

"얼굴형이랑 전체 분위기가 정말 비슷해요."

슬픈 그녀의 행복   59

"왜 헤어졌어요?"

"그럴 만한 사정이 있었어요. 아가씨는 애인 있어요?"

"없는데요."

"…우리 서로 연락하면서 지내면 안 될까요?"

"글쎄요. 저는 제 이상형인 남자가 아니면 관심이 없거든요."

그런데도 남자는 나에게 명함을 주었다.

'이런 인연이 있었는데 그 남자가 말한 박자인이 정말 내 친구일 줄이야…. 그리고 자인이가 정말 나와 닮았나?'

그러고 보니 분위기가 좀 그럴 듯해 보였다.

"너, 그 남자 연락처 알고 있니?"

"아니, 몰라. 첫사랑 여자하고 결혼해 광주에서 살고 있다는 것만 알고 있어."

"그럼 연락처를 알면 한번 만나고 싶은 생각은 있는 거야?"

"글쎄… 아직도 많이 보고는 싶어."

"박종구란 사람이 내가 너하고 닮았대. 나도 광주 완행 직행버스에서 알게 되었어. 너의 첫사랑 남자 말이야"라고 말하고 싶었지만 그냥 혼자만 알고 있는 비밀로 간직하기로 했다.

시계를 보니 밤 12시였다. 자인이는 배가 고프다면서 병원 식당에 밥 먹으러 가자고 했다. 우리는 캄캄한 식당으로 들어가 홀의 불을 켰다. 그런데 주방으로 들어가는 문이 잠겨 있었다. 자인이는 식판이 나오는 네모난 작은 구멍으로 들어가겠다며 고개를 들이밀고 있었다.

"내가 여기로 들어갈게."

"너 미쳤냐! 거기로 어떻게 사람이 들어가."

"아냐, 난 들어갈 수 있어."

"진짜?"

"응!"

"그럼 차라리 너보다 작은 내가 들어갈게."

"아니야, 됐어. 내가 들어가야 돼. 너는 주방 어디에 뭐가 있는지 모르잖아. 내가 잘 아니깐 들어가서 밥 챙겨 나올게."

"우리 그냥 밥 먹지 말자."

"안 돼, 나 배고프면 밤에 잠 못 자. 그러니깐 어떻게 해서라도 들어가 볼 테니깐 나 좀 밀어봐!"

자인이는 식판구멍으로 머리를 넣었다. 어깨선까지 들어가자 자인이는 구멍에 몸이 꽉 끼고 말았다.

"내 엉덩이 좀 세게 밀어봐."

나는 웃음이 나와 참을 수가 없었다. 자인이도 자세를 멈춘 채 깔깔대며 한참을 웃었다. 겨우 엉덩이를 밀어 넣어 주방에 들어갔다. 그래도 자인이는 여유 있게 두 개의 식판에다가 이것저것 반찬을 담고 밥을 챙겨 네모난 구멍으로 나에게 넘겨주었다.

"너 이젠 빨리 나와. 어떻게 나올 거야?"

이번엔 나올 때가 또 문제였다.

"걱정하지 마. 나갈 땐 반대로 어깻죽지부터 끌어당기면 돼."

우리는 또 한바탕 신나게 웃었다.

만남

나는 잠시 머물 생각으로 집에서 멀고도 가까운 언니네 집으로 갔다. 해준 밥만 먹고 어린 조카들과 노는 것도 심심치 않았다. 게다가 동네가 새로 지은 전원주택이어서 남의 집들을 구경하는 것도 나의 하루 취미생활이었다. '저 집은 어떨까?' 하고 발뒤꿈치를 들어 담 너머로 들여다보면 마당 입구부터 현관문 앞까지 푸른 숲속을 만들어 놓은 정원도 있었다. 이렇게 하루하루를 살면서 마을 사람들과도 친해지게 되었다.

그런데 두 달쯤 되자 형부는 내가 와 있는 것이 귀찮고 싫었는지 남자 한 사람을 알아봐 놓고는 선 한번 보라고 권했다. 나는 싫다고 싫다고 해도 형부는 막무가내였다.

"처제, 목요일 12시에 금호다방으로 나가!"

"저는 싫거든요. 누구 소개나 맞선 같은 거 안 봐요."

"안 돼, 어떤 일이 있어도 꼭 나가야 돼! 집안도 괜찮고 돈도 많은 사람이니깐 한번 만나 봐."

"아니요! 저는 안 나가요."

"안 돼."

"내가 싫다는데 왜 그러세요?"

"나를 봐서라도 꼭 나가야 돼."

"저는 절대 못 나가요."

"안 돼!"

나는 화가 치밀어 올랐다.

'자기 같은 사람을 소개시켜 주려 그러나 보다. 치, 내가 남자가 없어서 데이트도 못하는 줄 알아? 쫓아다니는 남자들도 귀찮아 죽겠는데 선은 무슨 놈의 선이야! 자기가 뭔 사람을 볼 줄 안다고.'

목요일이 다가올 때까지 형부는 하루에 몇 번씩 "선보러 꼭 나가야 돼!" 하고는 듣기 싫은 말을 했다. 나는 그냥 집으로 가버릴까? 아니면 그냥 여기에 눌러 있을까? 하고 갈등을 느끼고 있는 사이 드디어 그날이 오고 말았다.

형부는 아침부터 "처제, 금호다방 12시야!" 하면서 그 남자 차림새를 자세히 알려주었다.

'두고 봐라, 내가 오늘 꼭 나가서 그 남자에게 화풀이를 어떻게 하나 봐라.'

나는 마음속에 부글부글 끓는 화를 가지고 나갔다.

남자는 형부가 말한 그대로 옷을 입고 미리 나와 창가에 앉아 있었다. 나는 화난 마음으로 자리에 앉지도 않은 채 말했다.

"안녕하세요. 저는 여기 나오고 싶어서 나온 게 아니거든요. 형부 때문에 나왔어요. 이건 형부가 혼자 일방적으로 결정한 일이거든요."

그러니깐 이젠 얼굴 봤으니 됐지요?"

인사말도 없이 횡하니 나와 집으로 돌아와 버렸다.

저녁 8시쯤 언니에게서 전화가 걸려왔다.

"너, 그 남자에게 어떻게 했냐!"

"왜?"

"너 하는 행동이 너무 자존심 상하고 기분 나빠서 술을 얼마나 많이 마셨는지 미꾸라지가 된 채 들어왔다고 그러더라."

"그러면 그렇지… 내가 그런 남자일 줄 알았어."

"너가 어떻게 했길래 그러냐."

"어떻게 하기는 뭘 어떻게 해. 그냥 가자마자 앉지도 않고 싫다고 그랬지."

"너는 이젠 죽었다. 네 형부까지 화가 잔뜩 나서 너 오면 가만히 안 둔다고 하더라."

"맘대로 하라고 그래. 그러니까 싫다고 했는데 왜 억지로 선을 보게 만들어. 짜증나게. 다른 형부가 소개시켜 줬으면 내가 이렇게까지 행동하지 않았을 거야."

이때 나는 어릴 적 일이 생각났다. 언니와 형부가 선을 보던 날 형부는 집으로 돌아가는 길에 교통사고를 당해 다리를 크게 다쳐서 수술을 하고 병원에 입원하게 되었다. 형부는 언니에게 첫눈에 반해 버려 계속 만나고 싶어 했지만 걷지도 못하고 병원에만 있어야 했기 때문에 일주일 간격으로 편지를 보냈다.

편지의 첫마디엔 이런 내용이 쓰여져 있었다.

'남녀노소를 막론하고 사랑하는 연인들끼리 손에 손목 잡고 행렬하는 것을 보니 가슴이 아프답니다.'

편지는 계속 왔지만 언니는 받기만 했지 아픈 사람에게 답장 한번 보내지 않았다. 옆에서 지켜보던 나는 그 남자가 불쌍해 보였다. 그래서 내가 언니로 가장해 대신 답장을 보냈다. 남자는 여러 통의 편지 끝에 받은 답장 한 번에 감동하여 반가워 어쩔 줄을 몰라 했고 기쁨 때문인지 아픈 다리도 회복이 빨라졌다.

그리고 3개월쯤 되자 남자는 언니가 너무 보고 싶어 다리도 다 낫지 않은 상태에서 목발을 짚고 집에 찾아왔다. 양복을 깔끔하게 차려입고 절뚝절뚝거리며 마당 가운데쯤을 걸어올 때 나는 어린 나이였지만 그 남자의 성품이 한눈에 확 들어왔다.

첫인상은 바람둥이 같은 남자였다. 한 단계 더 높이 올려 말하자면 야무지게 보이면서도 능글맞은 사람으로 느껴졌다. 그리고 눈매도 성깔 있게 보였고 영락없는 바람둥이로밖에 보이지 않았다.

'내가 미쳤지… 편지답장을 왜 해줬지?' 하며 이때부터 후회하기 시작했다. 두 사람은 방에 들어가 한 시간 동안 많은 대화를 나누고 있었다.

나는 몰래 문 앞에 앉아 남자가 하는 말에 귀를 기울여 보았다. 사람이 살면 얼마나 산다고 여자들이 결혼해서 부업하는 것이 싫다면서 나에게 시집오면 고생 안 시키고 손에 물 한 방울도 안 묻히게 하고 안방마님으로 만들어 준다고 언니를 조시고 있었다. 나는 그 말을 듣고 중얼거렸다.

"웃기시고 있네. 겉모습은 손톱만큼도 좋게 안 보이는데… 치."

이후로 순진한 언니는 그 남자에게 홀딱 반해 버렸다. 남자는 틈만 나면 집에 자주 찾아왔고 다리가 다 나아갈 무렵에는 혼인문제가 오고갔다. 이때부터 나는 본격적으로 언니를 뜯어말리기 시작했다.

"그 남자하고 결혼하지 마. 좋게 안 보여!"

"내가 알아서 결정하지, 네가 뭔데 상관이냐!"

"사람도 볼 줄 몰라? 그 남자 인상 좀 봐. 어디 한 군데라도 좋은 이미지가 있어?"

"네 눈에는 그렇게 보여도 내 눈에는 다 이쁘고 좋게만 보인다."

"진짜 사람 볼 줄도 모르네. 콩깍지가 씌었구만. 언니, 그 남자하고 결혼하면 평생 마음고생하고 후회하면서 살 테니까 두고 봐."

"절대 그런 일은 없을 거다."

나는 화가 치밀어 올랐다.

"이 바보 같은 언니야! 지금까지 사회생활을 몇 년이나 했으면서 남자 만나 연애 한 번도 못하고 중매로 만나 결혼하냐? 바보, 나는 언니처럼 중매결혼 안 해. 내 능력으로 만나 연애결혼 할 거야. 그 남자에게 시집가려면 집에 오지도 말고 발도 들이지 말어. 이 못난아!!!"

이렇게 소리를 지르고 있을 때 언니는 방 빗자루를 들고 와 내 엉덩이와 허벅지를 힘껏 때리면서 말했다.

"너가 가서 사냐? 내가 가서 사는 건데 네가 뭔 상관이냐!"

나는 화가 나 있는 상태였기 때문에 아프지도 않아서 오히려 더 소리를 질렀다.

"얼굴이 잘생긴 것도 아니고 바람둥이처럼 보이는 남자가 그렇게도 좋냐? 정신이 돌아 미쳤구만!"

"그래! 미쳤다. 어쩔래?"

이때 언니는 은 힘을 다해 이제는 내 엉덩이만 반복해서 방망이질 하듯 때렸다.

언니는 고모의 중매로 남자를 만났다. 그래서 한번은 고모에게도 따졌다.

"고모는 사람 보는 눈이 그렇게도 없으세요? 그 남자 어디가 맘에 들어서 언니를 바람둥이 같은 남자한테 시집을 보내려고 하세요?"

고모는 멍하니 한참동안 말씀이 없으시다가 "저 쨰깐한 가시내가 지가 뭘 안다고 저런다냐. 버릇없는 저 가시내 느그 어매가 뭐를 먹고 저렇게 싸가지 없이 낳았다냐!" 하며 말씀하셨다.

언니는 결국 결혼을 했는데 내가 보는 것과 생각이 그대로 딱 맞아 떨어졌다.

'이런 형부를 결혼 전부터 내가 얼마나 싫어하고 미워했는데 형부답지 않은 사람의 말을 듣고 내가 선을 봐? 자기랑 똑같은 사람을 소개시켜 주겠지'라고 생각했기 때문에 나는 선보는 것이 죽기보다 더 싫었던 것이다.

기분 나쁜 선을 본 후 한 달이 지났다.

사업을 하면서 매일 술에 빠져 살았던 형부는 또 교통사고가 났다. 술이 취한 상태에서 운전을 하다가 도로 아래로 굴러떨어져 갈비뼈

슬픈 그녀의 형복

에 금이 가고 다리를 다쳐 또 한 번 병원생활을 하게 되었다.

언니는 형부를 수발하기 위해 병원에 가 있었고 나는 조카들을 돌보기 위해 다시 왔다. 언니는 매일 쓸고 닦아서 집안 구석구석은 먼지 하나 없을 정도로 깨끗했다. 너무 빛이 나서 박하사탕처럼 내 기분을 상쾌하게 했다.

언니가 없어도 한 달 전에 이웃사람들과 친해졌기 때문에 심심하지 않았다. 주일이면 이곳에 있는 교회도 다니게 되었다. 이렇게 생활하다 보니 이제는 거의 모르는 사람이 없었다.

이곳에서 생활한 지 한 달쯤 되었을 때였다. 형부도 병원에서 퇴원을 하게 되었고 나에게도 언니네 이웃마을에서 반가운 소식이 찾아왔다.

어느 할머니께서 나에게 사랑스러운 눈빛으로 달맞이꽃처럼 활짝 핀 미소를 지으며 관심을 보이셨다. 외모는 중후반 아줌마처럼 젊게 보이시는 깔끔한 미모의 할머니셨다. 이웃마을에 사셨지만 나는 교회에서 할머니를 자주 만나 뵙게 되었다. 이후로 할머니는 언니네 집에 자주 찾아오셨다.

"승재엄마는 얼굴도 예쁘고 깔끔하게 살림도 잘하고 얌전하다"며 언니를 많이 칭찬하셨다. 그러시면서 "승재이모는 언니보다 인물이 훨씬 못하다"며 나 듣는 데서 말씀하셨다. 자존심이 강한 난 기분이 나빴다. 어떻게 그렇게 말씀을 하실 수 있을까?

비록 난 예쁘진 않지만 사람들에겐 인기가 많았다. 보이지 않는 매력과 가만히 있어도 상대방을 끌어당기는 마력의 힘을 갖고 있다고 남들이 말해 주었다.

할머니는 언니네 집에 자주 오셔서 나의 행동 하나하나를 뜯어보시며 관찰해 오셨다. 그러던 중 12월이 가기 전 연말이었다. 할머니는 나에게 선 한번 보라고 말씀하셨다.

"우리 손자가 신정 때 서울에서 내려오는데 한번 만나볼 생각 없어요?"

"네, 싫어요."

"한번 만나 봐요."

"아니요, 저는 싫거든요."

"우리 손자는 정말 잘생기고 이쁘장하고 착하게 생겼는데…."

'아이구, 자기 손자니깐 당연히 모든 것이 잘생기고 예쁘게 보일 수밖에 없겠지!'

속으로 이렇게 말하며 난 들은 척도 안 했다.

그러나 할머니는 계속해서 나에게 말했다.

"우리 손자 꼭 한번 만나 봐요. 승재이모도 믿음생활하고 우리 손자도 교회 다니고 하니까 딱 좋구먼. 얼마 전에 목포 아가씨와 선을 한번 봤는데 천주교 다니는 사람이라고 싫어했는데 한번 만나 봐요."

"아니요, 저는 조금도 생각 없어요."

이때 할머니께서 서운한 모습으로 자리에서 일어나셨다.

"그럼 다음에 또 봐요."

"네, 안녕히 가세요."

언니는 아무 말도 없이 가만히 지켜보고만 있었다. 그렇게 3일이 흘렀다. 할머니께서 또 찾아오셨다.

"승재엄마, 동생한테 잘 좀 말해 봐요. 우리 손자 내일이면 오는데 좀 잘 달래 봐요."

"저는 몰라요. 지가 알아서 하겠지요."

"승재이모, 생각은 좀 해봤어요?"

"아니요, 전 정말 싫어요. 저는 누구 소개나 선 같은 거 안 봐요."

"우리 손자는 정말 잘생겼는데. 어디에다 내놔도 빠지지 않게 이쁘고 술도 안 먹고, 담배도 안 피우고, 착한 애인데… 학교 다닐 때도 여고생들한테 인기가 많아서 학교에 들고 다니던 가방 속에 프러포즈 받은 편지가 지퍼가 안 닫힐 정도로 가득했었는데 그게 지금도 집에 있어요."

'아이구, 거짓말도 잘하시네. 그렇게 인기가 좋았으면서 왜 여자가 없어서 중매결혼으로 장가가려고 그럴까.'

그리고 예전 일이 생각났다.

'언니와 싸우면서 나는 절대 중매결혼 안 할 거라고, 내 능력으로 남자 만나서 연애결혼 할 거라고 그랬는데 내가 왜 선을 봐?'

할머니는 계속해서 내게 부탁하셨다. 그래도 난 끝까지 황소고집을 부리고 있었다.

"우리 손자 내일 내려왔다가 모레 서울 올라가는데 한번 만나 줘요. 우리 손자 정말 잘생겼는데… 진짜 예쁜데."

이 소리를 수차례 반복하셨다. 나는 이때 호기심이 생겨났다.

'그래, 얼마나 예쁘고 잘 생겼는지 얼굴 한번 보자.'

"그럼 한번 만나 볼게요."

"고마워요. 우리 손자가 낼모레 서울에 올라가니깐 내일 어때요?"

"저는 아무 때나 괜찮아요."

"그럼 매일시장 옆 2층 건물에 라일락 카페가 있다고 그러던데 2시쯤에 그곳에서 만나요."

"네, 알겠습니다."

"그럼 난 믿고 일어설게요."

"네, 안녕히 가세요. 내일 뵙겠습니다."

할머니가 가신 후 언니는 곧바로 나에게 말했다.

"어이구! 염병하네. 너는 중매나 소개 같은 거 받지 않고 네 능력으로 남자 만난다고 해놓고 내일 선브러 가냐? 응큼하게."

"그래, 그래서 내가 지금 자존심이 엄청 상해. 그런데 할머니가 자꾸만 반복해서 잘생겼다고 말하니깐 얼마나 잘생겼는지 궁금해서 호기심 때문에 만나러 가는 거여. 누가 만나고 싶어서 나가는 줄 알아? 얼마나 잘생겼나 보려고 그래."

내일을 기다리는 시간이 지루했다. 그렇게 소개받는 것이 싫었던 내가 잘생겼다는 말에 한순간에 마음이 변해 버린 나 자신을 이해할 수가 없었다. 그리고 마음이 들떠 잠도 오지 않았다. 밤이 왜 그리 길게만 느껴지는지 하룻밤이 1년처럼 느껴졌다.

'도대체 얼마나 잘생겼길래. 어디 한번 두고 보자.'

슬픈 그녀의 행복

아침에 일어나서도 들뜬 마음으로 자꾸만 시계를 쳐다보았다. 시계는 다른 때와 달리 유난히 더 느리게 가는 것 같았다. 내 가슴은 널뛰듯이 콩닥콩닥 뛰어 어쩔 줄을 모르고 있었다. 드디어 1시가 넘어가고 2시가 가까이 되었을 때 나는 라일락 카페로 발걸음을 향했다.

카페에는 할머니와 작은어머니, 그 남자가 먼저 와 계셨다.

나는 그를 보는 순간 깜짝 놀라고 말았다.

'아니 이럴 수가! 이건 있을 수 없는 일이야.'

나의 이상형이었다. 어린 시절에 남자가 옷을 벗어 버리고 알몸으로 빈 밭에서 여자와 싸우고 있을 때 나의 마음속에 그려 놓았던 이상형이었다. 우윳빛보다 더 세련된 하얀 피부에 쌍꺼풀이 진 동그란 눈과 뚜렷하고 굵게 진 눈웃음과 머루포도알처럼 까만 눈동자는 별빛같이 눈물에 살짝 고인 듯한 눈빛이었다. 그리고 내가 원했던 꼬막처럼 작고 앵두같이 빨간 입술, 높지도 않고 낮지도 않은 코, 키와 체격 모두 내가 그토록 마음속에 늘 그려왔던 이상형의 남자였다.

그러나 딱 한 가지 맞지 않는 게 있었는데 그것은 장손에 장남이라는 것이었다. 아버지께서 장손에 장남이셔서 어머니가 고생을 많이 해 싫었는데 남자를 보는 순간 그것은 그다지 중요하지 않게 되었다. 잘생긴 얼굴에 홀딱 반해 버린 나는 가슴이 부풀어 올라 어떻게 할 줄을 몰랐다.

"안녕하세요. 처음 뵙겠습니다."

남자는 일어서서 인사했다.

"네, 안녕하세요."

나도 인사하고는 자리에 앉으며 중얼거렸다.

'아이그, 이 자리에 안 나왔으면 큰일 날 뻔했구나. 내 이상형인 줄도 모르고 왜 고집을 그렇게 피웠을까?'

할머니께 너무 고마웠다. 할머니와 작은어머니는 잠깐 자리에 앉아계시다가 먼저 일어나셨다. 우리는 단둘이 남아 있었다. 그 사람은 나에게 이름만 물어볼 뿐 말이 없었다. 그냥 미소 짓는 얼굴로 바라볼 뿐이었다. 정말 순진했다. 나도 말이 없었다. 난 너무 좋아 어쩔 줄을 모른 나머지 말문이 막혀 버렸다.

우리는 서로 그렇게 쳐다만 보다가 헤어졌다. 남자는 나에게 연락처나 그런 것은 전혀 묻지 않았다. 그래서 집으로 돌아가는 발걸음은 편치 않았다. 혹시 내가 마음에 들지 않은 게 아닐까 하고 염려가 되었다.

'아니야, 그럴 리가 없을 거야. 나보다 훨씬 잘생긴 사람들한테만 프러포즈를 받아왔는데 딱지는 맞지 않을 거야. 그것도 다 눈이 높은 사람들이었기 때문에 그 남자도 분명 내가 마음에 있을 거야.'

이렇게 생각하면서 집에 도착한 후 오후 5시가 되었을 때쯤 할머니께서 오셨다. 싱글벙글한 얼굴로 나에게 다가와 우리 손자 어떠냐며 물으셨다. 나는 미소 짓는 얼굴로 웃고단 있었다.

"연락할 수 있는 전화번호를 알려달라고 하던데…" 하시며 나에게 또다시 맘에 드냐고 물으셨다.

그래서 수줍은 얼굴로 살짝 미소를 지으며 "네" 하고 말했다. 그리고 서울 언니네 집 전화번호를 드리고 나도 모레쯤 서울에 올라갈 거라고 말했다. 원래는 서울에 가기 싫었다. 그런데 남자 때문에 갑작스럽게 마음이 변했던 것이었다. 그 사람을 놓칠까 봐 서둘러 서울에 올라갔다.

3일 후 그에게서 연락이 왔다.

"여보세요?"

"안녕하세요."

"네."

"그동안 잘 지내셨어요?"

"네."

"시간 있으시면 뵙고 싶은데 괜찮으세요?"

"네."

"거기가 어디쯤인가요?"

"양평동이에요."

"그래요? 제가 그쪽으로 갈게요."

"이쪽 잘 아세요?"

"잘 알지요. 그럼 이번주 주일날 오후 3시쯤에 만나요."

이렇게 해서 우리는 선을 보고 난 후 두 번째 만남을 가졌다.

그는 양복에 진남색 바바리코트를 입고 나왔다.

하얀 피부에 잘생긴 얼굴이 돋보였다. 그는 두 번째 만남인데도 여전히 말이 없었다. 그래서 이제까지 애인이 없었나 보다 하고 난 속으로 생각했다.

할머니는 나에게 선을 보라고 할 때 그 사람의 직업을 말해 주지도 않았다.

나도 관심이 없었기 때문에 묻지도 않았다. 그래서 내가 먼저 입을 열었다.

"하시는 일은 어떤 일이세요?"

"할머니께서 말씀 안 하시던가요?"

"네."

"공무원이에요."

나는 깜짝 놀랐다. 내가 원하던 직업이었다.

그는 내가 묻는 말에 대답은 잘했다. 그러나 먼저는 말하지 않는 내성적인 성격인 것 같았다.

"살고 있는 집은 무슨 동이세요?"

"○○공원 아시지요? 그쪽 ○○동이에요. 부모님이 그곳에서 사시거든요."

"그러세요? 가족은 어떻게 되세요?"

"여동생 둘에다 남동생 하나 있어요. 서연 씨는요?"

"저희 집은 굉장히 많아요."

"몇 남 몇 녀이신데요?"

"창피해서 말 못하겠네요."

"뭐가 창피하세요?"

"저는 식구가 닮다는 게 부끄럽거든요."

그는 또다시 말을 멈추었다.

"몇 년생이세요?"

"63년생이고 제 이름은 이기혁이에요."

"저희 넷째 언니와 같은 토끼띠이시네요."

"아 그러세요? 언니분이랑 같은 동갑이라 반갑네요."

"저도 기분 좋네요."

우리는 한 시간 동안 대화를 나누었다.

느낌은 5분 정도밖에 되지 않은 것 같았는데 어느새 시간이 훌쩍 지나 있었다. 한겨울 날씨라 레스토랑 안에도 차가운 냉기가 문틈으로 들어왔다. 그는 자리에서 일어나기 싫어했고 나도 같은 마음이었다. 그냥 이대로 머물고 싶었다. 그는 다정스런 눈빛으로 나를 바라보았다. 나는 수줍은 듯 고개를 살짝 숙였다. 그가 말했다.

"양평동에는 누가 살고 있어요?"

"오빠, 언니, 세 집이 걸어서 5분 거리에 모여 살아요."

"재미있으시겠네요?"

"네, 모여 사니까 좋은 것 같아요."

"저희도 집에서 몇 분만 걸어가면 고모님 댁이 있는데."

"그렇군요."

우리는 많은 대화를 나누면서 한 달 동안 만났던 연인 사이처럼 더 친해졌다.

이후 우리는 자주 만나게 되었다. 만난 지 한 달이 지나고 2월 초쯤 할머니께서 전화로 양쪽 부모 상견례를 하자고 말씀하셨다. 또 결혼은 음력 정월 2월에 했으면 좋겠다고 말씀하셨다.

"왜 그렇게 결혼식을 빨리 서두르세요? 만난 지 얼마나 됐다고….”

할머니는 한참동안 말씀을 못하셨다.

"사실은 기혁이 엄마가 기혁이 낳고 나서 시름시름 앓아눕다가 2살 때 하늘나라로 갔어. 그때부터 이 할미가 키웠어. 지금 같이 살고 있는 사람은 새엄마지….”

"할머니, 새엄마가 무슨 상관이에요?”

"새엄마와 같이 산 지 얼마 안 됐어. 공무원이 되고 나서 같이 살게 되었는데 이 할미가 빨리 결혼시켜서 분가해 주고 싶어서 그래. 그래야만이 이 할미 마음이 편할 것 같아.”

그도 외롭게 자랐다는 것을 느낄 수 있었다. 구정이 열흘쯤 남았을 때 양쪽 부모님 상견례를 했다.

난 기혁 씨 부모님을 뵙는 순간 새엄마가 마음에 들지 않았다. 사십대 초반처럼 젊게 보였고 얼굴은 독하고 사나운 티가 잘잘 흐르고 보통이 아니게 보였다.

반대로 아버지는 기혁 씨와 국화빵이었고 자상하고 부드럽게 보이셨다.

나는 자꾸만 새엄마가 눈에 거슬렸다. 새어머니라기보다는 언니 같은 외도에 잘난척하는 모습이 못마땅했다. 그리고 입은 쉬지 않고 "우리 아들은 어디다 내놔도 안 빠지는 참말로 잘생긴 얼굴”이라고 칭찬만 하고 있었다.

그 말을 듣고 있는 나는 '나보다 그가 훨씬 더 잘나서 내가 인물이 딸린다'라는 말로 받아들여져서 자존심이 상했다. 그리고 새엄마가 꼴불견처럼 느껴졌다. 또 기혁 씨 아버지와 나란히 앉아 있는 모습도 전혀 어울리지 않았다.

'새엄마만 아니면 얼마나 좋을까? 첫인상부터 주는 것 없이 정이 안 가는 스타일에다가… 이 일을 어떻게 해야 되나?'

나는 마음이 터널 속에 갇혀 있는 것처럼 심난했다.

기혁 씨 아버지께서는 음력 정월에 결혼하는 게 어떠냐고 어머니께 말씀하셨다.

어머니께서는 한참동안 말씀이 없으시다가 나를 빨리 시집보내는 것이 싫으셨는지 1년 더 지내다가 내년 봄에 했으면 좋겠다고 말씀하셨다.

그 말을 들은 기혁 씨 부모님은 더 이상 강요하지 않고 그럼 그렇게 원하시는 대로 하자고 말했다. 그러자 기혁 씨 표정은 살짝 그늘져 보였다. 그리고 무언가 많이 서운한 느낌이었다. 그것은 나 역시도 마찬가지였다.

그는 구정을 보내고 언니네 집에 왔다. 마치 우리 집안사람이 다 된 것처럼 말이다.

꿈같은 행복

그와 결혼을 1년 후로 미루었기에 어쩔 수 없이 일을 하게 되었다. 어두캄캄한 밤 때늦은 겨울 눈보라가 날리고 있었다. 나는 그와 만나 카페에 들어갔다. 우리는 향이 은은한 커피를 시켰다.

다른 때와는 달리 독특하고 달콤한 맛이었다. 그는 차츰차츰 마음의 문을 열기 시작했다.

"일은 힘들지 않아요?"

"네, 기혁 씨 때문에 힘이 생기네요."

"왜 저 때문이죠?"

"제가 어릴 적 마음속에 그려 놓았던 이상형이니까요."

"제가요?"

"네."

"기분 좋고 반가운 소리네요. 어느 교회 나가요?"

"여의도로 나가고 있어요. 기혁 씨는요?"

"집 근처에 있는 장로교회예요."

"그렇군요. 어떤 여자 스타일을 좋아하세요?"

슬픈 그녀의 행복　79

"마음이 착한 여자요. 얼굴이 너무 예쁜 여자는 싫거든요."
"이유가 뭐지요?"
"첫째는 콧대가 쎄고 부담이 가니까요."
"왜 부담이 가요? 기혁 씨는 잘생겼잖아요."
"그래도 너무 예쁜 여자는 좀 그래요."
"그래서 저를 선택했군요?"
그는 꽃잎처럼 미소 지으며 마음에 있는 말을 했다.
"제가 이 세상에서 제일 사랑하는 여자가 있어요."
나는 가슴이 뭉클하며 얼굴에 열이 달아오르기 시작했다. 그건 질투심이었다. 혹시 그가 과거의 여자를 말하려고 그런 건 아닐까 가슴이 뜨끔했다. 그는 한참 머뭇거렸다. 나는 그 몇 초가 너무 길게 느껴졌다.
"사랑하는 여자가 누군데요?"
"궁금하세요."
"당연히 궁금하지요."
그는 재미있다는 듯 살며시 미소만 짓고 있었다.
"빨리 말해 보세요."
"우리 할머니예요."
그는 느린 목소리로 말했다.
나는 얼굴에 달아올랐던 열이 자욱한 아침안개가 서서히 사라지는 것처럼 몸의 열기도 서서히 가라앉았다. 사랑하는 여자가 할머니란 것이 천만다행이었다.

"두 살 때부터 저를 키워 주셨거든요."

"저도 할머니께 들어서 알고는 있었어요. 할머니께서 고생 많이 하셨네요."

"네 그렇다고 봐야겠지요."

그의 목소리는 두껍지도 않고 호수처럼 잔잔하면서도 부드러웠다. 땅에 바짝 달라붙어 피어오르는 채송화꽃잎처럼 깜찍했다. 들어도 싫지 않은 그의 목소리는 내 마음속 깊숙이 파고들어왔다. 난 꽃밭에 가구어 놓은 꽃들처럼 아름다운 사랑에 눈이 멀고 있었다. 그는 밤늦게서야 집으로 돌아갔다. 나는 밤새도록 그의 생각에 잠 못 이루었다.

'엄마가 계모면 어때? 장남 장손도 이겨낼 수 있어. 이건 기혁 씨를 사랑한 힘이야.'

그는 귀공자처럼 생겨 어느 누가 봐도 엄마 없이 자란 사람이라곤 믿을 수 없는 외모를 가졌다. 또 막 태어난 갓난아기처럼 순수하고 부드럽고 편안한 사람이었다.

내가 그토록 소녀 시절부터 꿈꾸어 왔던 이상형.

담배도 피우지 않고 술도 먹지 않는 남자를 만났으니 밥을 먹지 않아도 배고프지 않았다.

그리고 생각하면 할수록 신기했다. 마음속에 어떤 것이라도 늘 품고 살면 언젠가는 이루어질 수 있다는 것을 알게 되었다. 나는 여름날에 비가 온 뒤 하늘에 무지개가 뜨는 것처럼 삶이 아름다웠다. 또 황홀하고 행복했다.

그는 공무원이라 퇴근시간이 빨라서 좋았다. 나는 어릴 적부터 꿈이 두 가지가 있었다. 어느 쪽이 더 마음에 가는 것 없이 똑같이 미용사 겸 작가가 되는 것이 꿈이었다.

쉬는 날 우리는 카페에 들어갔다.

문을 열고 들어서자 흘러나오는 노래는 마치 우리들에게 들려주는 듯했다. 창밖이 보이는 곳에 앉아 얼굴을 마주보며 눈빛으로 사랑을 나누었다. 흘러나오는 음악을 감상하느라 대화가 필요 없었다. 한 곡, 한 곡을 들으면서 다음엔 무슨 노래가 나올까 궁금해 하면서 서로가 음악에 취해 있었다.

'밤에 떠난 여인'이 흘러나왔다. 경쾌하면서도 잔잔하게 노래가사가 귀에 쏙쏙 들어왔다. 그때 그의 얼굴이 살짝 붉게 달아올랐다. 그리고 고개를 살며시 숙여 눈 초점은 테이블에 둔 채 꼬막처럼 작은 입술로 나지막하게 '밤에 떠난 여인'을 따라 부르고 있었다.

하얀 손을 흔들며
입가에는 예쁜 미소 짓지만
커다란 검은 눈에
가득 고인 눈물 보았네
차장가에 힘없이
기대어 나의 손을 잡으며
안녕이란 말 한마디
다 못하고 돌아서 우네

언제 다시 만날 수 있나
기약도 할 수 없는 이별
그녀의 마지막 남긴 말
내 맘에 내 몸에 봄 오면

그녀 실은 막차는
멀리 멀리 사라져 가버리고
찬바람만 소리 내어
내 머리를 흩날리는데
네가 멀리 떠난 후
나는 처음 외로움을 알았네
눈물을 감추려고
먼 하늘만 바라보았네

그는 노래를 따라 부르며 한밤중에 무작정 깊은 숲 속으로 걸어가는 모습처럼 음악 속에 빨려 들어가고 있었다.

'도대체 어떤 사연이 있길래, 누구를 생각해서 저럴까? 아니면 노래의 제목처럼 밤에 떠난 여인이 기혁 씨에게도 있었을까?'

궁금하고 질투가 나기 시작했다.

나는 빨리 노래가 끝나기를 기다렸다. 그는 시작부터 끝까지 말 한마디 없이 빨간 앵두 같은 입술로 의미 있게 따라 불렀다.

"밤에 떠난 여인을 좋아하시나 봐요?"

슬픈 그녀의 행복   83

"무척 좋아합니다."

"혹시 옛 애인을 밤에 떠나 보내셨나요?"

그는 힘없이 살짝 미소만 지을 뿐 말이 없었다.

그래서 혼자 많은 상상으로 깊이 생각했다.

'그 여인은 어떻게 생겼을까? 얼마나 예뻤을까? 얼마만큼 사랑하고 사귀였을까? 아직도 그 여인을 못 잊고 있는 건 아닐까?'

이런 저런 생각 때문에 그가 잠깐 사이 미워지기도 했다. 나보다 더 예쁜 여자였겠지란 생각 때문에 나 스스로가 힘들었다.

"무슨 생각을 그렇게 골똘하게 해요?"

"기혁 씨 생각하고 있었어요."

"저 지금 여기 있잖아요."

"옛 애인을 밤에 떠나보내셨나 봐요? 아까 보니깐 노래 속에 빨려 들어가는 모습에서 그렇게 보였어요."

그가 창밖을 보며 미소 지었다.

"예, 떠나보냈지요. 그것도 저녁기차 막차로 사랑하는 여인을 떠나보냈었지요."

"그 여자분은 지금 몇 살인데요?"

"나이가 저보다 훨씬 많은 여자예요."

"그게 무슨 소리세요?"

"그렇게만 알고 있으면 돼요."

나는 화가 나려고 했다.

"왜 궁금하게 해 놓고 말을 안 하려고 하세요?"

그는 재미있다는 듯 환한 미소를 지었다.

"나이 많은 그 여인이 누군데요? 왜 하필이면 연상의 여자하고 사랑에 빠졌어요?"

"그렇지도 알고 싶어요?"

"그걸 말이라고 하세요?"

"밤에 떠난 여인이 저희 할머니예요."

"예?"

나는 긴장되었던 몸의 근육이 초콜릿처럼 녹아버렸다. 그리고 웃음이 나왔다.

"왜 웃어요?"

"그냥이요. 나 혼자 생각하고 있는 게 있어서요."

"무슨 생각이요?"

"기혁 씨 옛 애인으로만 생각하고 미워도 했다가 그랬거든요. 그런데 그 여인이 할머니라고 하니까 내 자신이 웃기잖아요."

"그랬군요."

"시골에서 할머니가 서울에 올라오시면 항상 완행 막차를 타고 가셨거든요."

"왜요?"

"낮에는 기차 안에서 잠도 안 오고 지루한데 밤에 막차를 타시면 잠도 잘 오고 해서 저녁 막차를 좋아하셨거든요."

"아 그러셨군요."

"이제까지 제가 할머니만큼 사랑해 본 여자는 없었으니까요."

"그럼 저도 아니겠네요?"

"아니요. 제가 지금 서연 씨한테 더 빠지고 있는 것 같은데요."

"제가 잘해준 것도 없는데 이유가 뭐죠?"

"…착하니까요."

"저는 밴댕이예요."

"그렇게 안 보여요."

"……."

"생일이 언제예요?"

"저는 태어난 날짜가 없어요."

"그런 게 어디 있어요? 생일이 언제인데요?"

"모른다니까요."

나는 살면서 내가 태어난 날짜를 기억하고 싶지 않았다. 집안환경이 너무 싫어서였다. 내가 세상에 태어난 자체도 싫었고 기억하고 싶지도 않았다. 누가 생일을 물어만 봐도 화가 치밀어 올랐다. 그러니 어떻게 내가 세상에 태어난 날짜를 가르쳐 줄 수 있을까. 절대 그럴 수 없었다.

그런데 그는 언니에게 물어 알아냈다.

그리고 내가 싫어하는 그날에 화장품세트를 선물해 주었다. 선물을 받았지만 나는 아무런 느낌조차 없었다. 차라리 그날이 아니었을 때 그냥 사주었으면 반갑고 고마웠을 텐데 기분이 좀 그랬었다. 나는 그의 생일도 아예 묻지를 않았다. 생일이란 두 글자 그 자체만으로도 듣기 싫었으니까….

어느덧 꽃피는 봄이 되었다.

나의 가슴에도 들뜬 봄바람이 불어왔다. 사랑의 꽃이 가슴속에 숨어 있다가 봄과 함께 우리의 사랑도 활짝 피었다. 그래서 그와 자연스레 말도 내리게 되었다.

토요일 저녁 우리는 내가 사는 신월동의 어느 산에 올라갔다. 그리고 조용한 벤치를 찾아 앉았다. 서로가 말이 없었다. 그렇게 한참을 머뭇거리다 그는 심각한 말투로 조심스레 입을 열었다.

"…난 아버지가 싫어."

"왜?"

"엄마가 돌아가신 게 아버지 때문이라고 생각해."

"뭐 때문에?"

"나도 할머니께 들은 말인데… 엄마가 나를 낳고 나서 아프시기 시작했대. 그러다 나 두 살 무렵 엄마가 아예 병석에 드러눕게 됐는데 그 상태에서 아버지가 좋아하는 여자를 데리고 왔었대."

"아버지께서 너무 하셨네…."

"생각을 해봐. 엄마가 아파서 누워 있는데 남편이란 사람이 여자를 데리고 엄마 앞에 나타났으니 얼마나 충격이 크셨겠어."

"그건 당연하지."

"마음에 상처를 받아 몸이 더 허약해지셨겠지. 그래서 엄마가 아버지 때문에 충격을 받아 돌아가셨다고 생각해. 그건 다 아버지가 새 여자하고 같이 살고 싶어서 엄마를 쇼크받게 해서 빨리 돌아가시게 하려고 그런 것 같아. 그래서 아버지를 원망하고 미워해. 아버지가 여자만 데려오지 않았더라면 엄마가 살아계셨을지도 모를 텐데 말이야….

난 어릴 적부터 엄마 없는 서러움이 너무 컸어. 친구들이 엄마랑 같이 사는 것을 부러워했고 남몰래 수없이 많이 울었어. 운동회 때나 친구네 집에 놀러가거나 엄마랑 자식이 손을 잡고 지나가는 것을 볼 때면 나도 모르게 눈물이 흐르곤 했어. 그래서 난 엄마 없는 서러움 속에서 너무 많이 울며 살았기 때문에 누가 우는 것도 싫어하고 눈물 자체도 보기 싫어. 아마 어릴 적 내가 흘린 눈물들을 모아 놓으면 한강을 만들고도 남을 거야. 그 정도로 많이 울었거든….”

"이젠 아버지에 대한 원망 다 잊어버려."

"아니, 난 용서가 안 돼."

"그럼 어떻게 해. 모든 게 다 지나간 일인데."

"난 아버지가 지금도 싫어. 새엄마도 마음에 안 들고."

"그래도 아버지를 용서해 드려."

"죽을 때까지 용서 안 할 거야."

"그럼 기혁 씨 자신만 힘들어져."

"그건 나도 알고 있어. 미워하는 건 하루 이틀이 아닌데 뭐."

"지금이라도 마음을 비워."

"나도 힘들어서 많이 노력도 해봤어. 그런데 생각대로 되지 않아."

기혁 씨는 엄마 한 분 없는 것 때문에 많이 울었지만 나는 집안환경이 싫어 수도 없이 울었다. 어느 쪽 아픔이 더 큰지 자로 잴 수만 있다면 재어 보고 싶었다.

그는 얼마 없는 서러움 때문에 인생을 눈물로 보냈고 난 전쟁 같은 날을 보내며 어린 나이에 뛰어놀지도 못하고 조카 둘을 돌보느라 눈물로 세월을 살아왔다.

'그는 자기 아픔이 더 크다고 말하겠지?'

나는 내 상처가 더 깊다고 그에게 말하고 싶었지만 끝내 말하지 않았다. 그냥 공주처럼 대접받고 잘 살아온 것처럼 보이고 싶었다. 그래서 입을 꼭 다물고 기혁 씨 말을 듣기만 했다.

"난 이제까지 세상을 자존심 하나로 살아왔어. 남 앞에서 눈물도 보이지 않고 힘들어도 힘들지 않은 척하고 마음은 슬픈데 겉으로는 즐거운 척했어. 또 공부도 지기 싫어서 학교 졸업할 때까지는 반에서 늘 1등을 해 왔고 집안환경 때문에 여자도 사귀지 않았어. 그리고 사회에 나와서 한동안은 내 자존심 때문에 방황을 많이 했어."

"기혁 씨, 자존심 쎈 거 나와 똑같네."

"우리 서로 싸으게 되면 어떡하지?"

"글쎄… 사랑이 해결해 주지 않을까?"

"근데 사랑엔 자존심이 필요 없다고 그러던대. 사랑 앞에서 자존심을 내세우면 본인만 손해야. 보고 싶은데 먼저 만나자고 말은 못하고 상대방이 접근해 주기만 원하다가 참고 있으면 괴롭고 힘들잖아. 그래서 사랑하는 사람에게는 자존심을 내세우면 안 된대."

"사랑을 많이 해본 사람 같은데?"

"이건 기본적인 거잖아."

"나는 사랑을 안 해봐서 기본적인 것도 몰라."

"거짓말!"

"믿거나 말거나. 난 사실이니깐."

"그럼 아직까지 첫사랑도 안 해봤어?"

"응."

"그건 거짓말 같은데."

"진짜 사실이야."

"그 인물에 정말 믿기지가 않네."

"……."

"안 사귄 이유가 뭔데?"

"그게 왜 궁금해?"

"그냥 알고 싶어서."

"……."

"왜 아직까지 첫사랑도 안 해봤어?"

"… 주위에 여자들은 많았지만 관심이 없어서."

"설마… 안 믿겨."

"나한텐 지금 서연 씨가 첫사랑이야."

"……."

어느새 봄은 멀리 떠나가고 있었다.

봄을 떠나보내기 아쉬워하며 마지막 봄비가 내리고 있었다. 나는 비가 오는 것을 좋아했다. 비가 오면 답답했던 마음이 시원하고 기분이 좋아지곤 했다.

이런 내 모습을 보고 누군가가 이런 말을 한 적이 있다.

"굵은 비가 쏟아지는 것을 좋아하는 사람은 가슴에 한이 맺혀 있는 사람이래. 그래서 비 오는 것을 좋아하고 본인 눈물 대신 장대비로 인하여 대리만족을 느끼면서 사는 거래."

그런데 그 사람 말을 듣고 보니 진짜 맞는 것 같았다. 나는 늘 가슴에 한을 품고 살다가 비 오는 날이면 답답했던 가슴이 시원해졌다. 마치 구멍이 뚫려 바람이 솔솔 들어오는 것처럼 말이다. 비가 멈추고 나면 원위치로 또다시 돌아가지만 그래도 비가 오는 순간만큼은 마음이 편안했다.

우리는 우산 하나를 쓰고 조용한 거리를 걸었다.

장대비도 아니고 이슬비도 아닌 걷기엔 딱 좋은 능개비가 내렸다. 그리고 비바람도 불지 않아 좋았다. 그래서 자유롭게 둘만의 추억을 만들 수 있어서 행복했다. 그는 나의 어깨에 손을 올렸다. 그리곤 말했다.

"사랑해."

"얼마만큼?"

"내 목숨만큼."

"에이…"

"진짜라니까."

"그걸 어떻게 믿어?"

"그러니까 하는 말이야. 내 마음을 열어 보여줄 수만 있다면 얼마나 좋을까?"

"기혁 씨가 날 좋아한 만큼 나도 똑같은 마음이야."

"정말?"

"그것 봐. 믿지 않잖아."

"그럼 우리 서로 누가 더 많이 사랑하고 좋아하는지 마음을 자로 재어 볼까?"

"그게 궁금해?"

"응."

"내가 더 좋아하는 것 같은데."

"그렇게 생각해?"

"응."

"나는 내가 서연 씨한테 마음을 더 주는 것 같아 힘든데."

"그럼 아낌없이 사랑해 주면 되잖아."

"내가 어떻게 해줬으면 좋겠어?"

"음… 공주처럼 떠받쳐 주는 거."

"나는 그런 거 자존심 상해서 절대 못해."

"나를 목숨만큼 사랑한다면서 그건 다 거짓말이네."

"그건 사랑이랑 다르지."

"뭐가 다른데?"

"나도 몰라."

"그것 봐. 할 말 없잖아."

비는 그칠 줄을 모르고 있었다.

모래알처럼 많은 남자들 중에 나의 이상형을 만나 사랑을 하니 정말 꿈같은 시간이었다.

"비 오는 날 여인과 함께 우산을 쓰고 걸어 보는 거 오늘이 처음이야."

나는 살짝 고개를 떨구었다. 처음이 아니었다. 죽마고우 친구와 가느다란 비가 내리는 밤에 함께 우산을 쓰고 걸어본 적이 있었다. 그래서 할 말이 없었다.

"오늘 참 행복하고 즐거웠어."

"……."

"우리 비 오는 날 또 걷자."

"그렇게 좋아?"

"응."

"비 오는 것도 좋아하지만 사랑하는 사람과 우산을 함께 쓰는 게 이렇게까지 행복한 줄은 몰랐어. 언제쯤 또 비가 올까?"

"……."

"장마철이 빨리 왔으면 좋겠다. 장대비가 쏟아지는 날 걸어보게."

"그건 재미없을 것 같은데?"

"어떻게 알아? 걷지도 않아 보고."

"상상으로."

"우리 오늘 헤어지면 언제쯤 만날까?"

"아무 때나, 기혁 씨 맘대로 해."

"내가 매일 찾아오면 어떻게 하려고?"

"나는 상관없어. 좋았으면 좋았지 싫지는 않으니까 매일 오고 싶으면 그렇게 해도 돼."

"알았어. 귀찮게 내가 매일 찾아갈 거야."

그는 말 그대로 날마다는 아니어도 자주 찾아왔다.

그날은 토요일 저녁, 유난히도 청춘 남녀가 좋아하는 주말이기도 했다. 우리는 작은 공원에 갔었다. 늦은 저녁이라 그런지 작은 풀벌레들만 있는 것처럼 조용했다.

우리는 잔디밭 위에 나란히 앉았다. 그는 말이 없었다.

그러더니 그는 내 얼굴 쪽으로 살며시 고개를 돌렸다. 나는 속으로 중얼거렸다.

'드디어 때가 왔구나. 늦은 건지 빠른 건지는 몰라도.'

그는 느릿하게 숨소리조차 없이 나의 얼굴을 향해 바짝 다가왔다. 그리고 마침내 봉숭아 꽃잎처럼 부드러운 작은 입술이 내 입술에 포개어졌다.

'이 달콤한 기분….'

우리는 한참동안 말이 없었다. 그가 먼저 입을 열었다.

"우리 빨리 결혼했으면 좋겠다."

"내년 봄에 하기로 했잖아."

"그때까지 언제 기다려."

"갑자기 왜 그래?"

"집에서 살기 힘들어… 1년 가까이 살았는데 새엄마하고 너무 안 맞아. 그래서 고모집 근처에 방을 마련해 놨어. 보름 후면 들어가 살 수 있어."

"그럼 확실하게 결정된 거네?"

"응."

"집에서 새엄마가 어떻게 하는데?"

"그냥 그건 묻지 마. 내 입으로 말하고 싶지 않아. 어떻게 해서라도 참고 살아 보려고 했는데 도저히 안 되겠어. 속 편하게 혼자 사는 게 낫지."

나는 그가 말하지 않아도 무엇 때문에 그러는지 대충 알 수가 있었다. 부모님 상견례를 할 때 난 이미 새엄마의 성격을 파악했기 때문이었다.

부모님 집 근처에다 그가 방을 얻어 나올 정도면 알 만한 일이 아닐까?

사랑이 없고 악한 사람이 아닐까 생각했다.

어릴 적부터 키워준 것도 아니고 겨우 1년 가까이 산 것 가지고 방을 얻어 나가게 할 정도면 아주 못된 새엄마라고 볼 수밖에 없었다.

"나 방 얻은 집으로 이사하면 놀러와."

"…싫은데."

"왜?"

"그냥."

"이유를 말해 봐."

"집으로 가는 건 좀 그래."

"그래도 집에는 한번 와봐야 되지 않을까?"

"그래 알았어. 그럼 인사치레로 딱 한 번만 갈게."

그는 서운한 눈빛으로 나를 바라보았다. 새엄마로 인해 기혁 씨 가슴엔 멍이 들었는데 그것을 풀어줄 사람은 나밖에 없는데 따뜻한 말 한마디는커녕 오히려 자존심 상하게만 하는 것 같이 느껴졌다.

보름이 훌쩍 넘었다. 나는 588번 버스를 타고 ○○공원 앞에서 내렸다.

그가 힘없는 모습으로 마중 나와 있었다.

그는 나를 보는 순간 살짝 미소를 지었다. 우리는 좁다란 골목길을 걸어 집 앞에 도착했다. 그는 집 앞에 들어설 때 얼굴이 붉게 굳어졌다.

그리고 자존심이 상한 모습으로 어떻게 할 줄을 모르고 있었다.

"…방이 어디 있는데?"

"여기 이 방이야."

"그래?"

그가 문을 열어주었다. 방 안에는 텔레비전 한 대와 조그마한 옷장 하나가 전부였다.

"밥은 어떻게 해먹어?"

"고모네 집으로 가서 먹어."

"그래? 잘됐네!"

"잠만 여기에서 자고 거의 고모네 집에서 있다시피 해."

고모네 집도 조카들이 여러 명이 있어서 그가 같이 살 수 있는 형편이 아니었다. 그래서 그는 잠만 잘 수 있는 방만 얻어 밥은 고모네 집에서 해결했던 모양이었다. 그가 불쌍해 보였다. 생김새와 환경이 어쩌면 그렇게 딴판일까? 단칸방에서 사는 것이 외모하고는 전혀 어울리지가 않았다.

'어쩌다가 부모 븐이 없어 외롭게 살고 있을까?'

"옷 빨 거 있어?"

"없어. 그런 거 안 해도 돼."

"왜?"

"그냥. 고생시키고 싶지 않아서."

"빨래하는 게 뭐가 고생인데?"

"나 공무원 생활 그만둘까 봐…."

"그게 무슨 소리야! 뭐 때문에?"

"하루 종일 사두실 책상 앞에 앉아 있는 게 적성에 안 맞아."

"그럼 뭐가 적성에 맞는데?"

그는 말이 없었다. 그러다가 한참 후 무겁게 입을 열었다.

"…사실 허리가 아파서 그래."

"허리가 왜 아픈데?"

"3년 전에 운전하고 가다가 커브길에서 난간 아래로 굴렀어. 그래서 허리를 많이 다쳐서 수술을 했었는데 그 자리가 지금도 많이 아파. 특히 가만히 앉아 업무 볼 때가 제일 견디기 힘들어."

"그래서 어떻게 할 건데?"

"나도 몰라. 생각 중이야."

난 가슴이 철렁했다. 허리는 그렇다 치고 공무원 생활을 그만둔다는 게 싫었다.

슬픈 그녀의 행복 97

"견딜 수 있을 때까지 견뎌 봐. 어떤 일을 하더라도 허리 아픈 건 다 똑같잖아."

이때 나는 갑자기 생각나는 것이 있었다. 남동생이 어릴 적에 친구가 장난으로 던진 돌에 허리를 맞아서 그 뒤로 허리가 많이 아팠었는데 다친 허리엔 ㅇㅇㅇ꽃술이 좋다는 말을 누군가에게 듣고 어머니께서 그 술을 담아 동생에게 먹였다. 그런데 몇 년 동안 아프던 허리가 나았다. 그래서 혹시나 하는 생각에 어머니께 연락을 해보니 다행히도 남아있는 술이 있어서 가져와 그에게 주었다. 그리고 나는 조심스레 말을 했다.

"다친 허리에는 ㅇㅇㅇ꽃술을 먹으면 낫는대. 동생이 친구가 던진 돌에 맞아서 몇 년 동안 아팠었는데 이것 먹고 나았어. 그러니까 한번 먹어 봐."

"이걸 어떻게 얼마나 먹어야 하는데?"

"아침, 저녁으로 커피잔으로 반쯤 먹으면 된대."

"알았어, 먹을게. 어머니께 고맙다고 전해드려."

이틀 후였다. 그날 저녁에 ㅇㅇㅇ꽃술을 커피잔으로 한잔 먹었다고 했다. 그것을 먹고 아침에 일어났는데 다른 때보다 허리가 더 많이 아파 두려워서 먹지 않았다고 했다. 그런데 신기하게도 한 번밖에 먹지 않았는데도 어느 순간부턴가 자기도 모르게 나았다고 했다.

여름날의 이별

뜨거운 한여름이었는데 금방이라도 비가 올 것처럼 하늘엔 구름이 잔뜩 끼여 있었다.

그동안 사랑에 빠져 친구들을 만나지 못했는데 상계동에 사는 셋째 작은집 연희가 보고 싶어졌다. 그래서 공중전화박스 안으로 들어가 반가운 목소리를 들었다.

"여보세요?"

"연희야, 나야."

"응. 전화 잘했어. 안 그래도 전화하려고 했었는데. 오늘 우리 할머니 제삿날인데 우리 집에 와."

"무슨 제사야?"

"우리 할머니 제삿날이잖아."

'아니 제사라니, 이상한 일이네. 무슨 제사가 있다고 그럴까?'

"그래? 알았어."

"그럼 이따가 꼭 와."

"못 갈지도 모르니까 기다리지는 마."

나는 풍이라도 걸린 것마냥 후들후들 떨며 수화기를 힘없이 내려놓고 또다시 중얼거렸다.

'우리가 장손에다 장남인데 셋째 작은아버지네가 무슨 제사가 있단 말인가? 어린 시절 일주일이나 한 달 간격으로 다가오는 제사 때마다 아침 일찍부터 마을 사람들을 불러 모으느라 내가 얼마나 짜증나고 힘들었는데 제사라니….'

나는 정신을 바짝 차리고 큰언니 집에 전화를 걸었다.

"여보세요."

"언니, 나야. 방금 연희랑 통화했는데 오늘이 할머니 제삿날이라고 하던데 작은집에 무슨 제사가 있어?"

"예끼라. 지금까지 그것도 모르고 있었냐?"

"어떻게 된 거야. 우리가 장손에 장남이잖아."

"아버지하고 둘째 작은아버지는 큰할머니가 낳고 셋째와 막내 작은아버지는 두 번째 할머니가 낳았기 때문에 상계동에서 제사를 지낸단다. 친엄마의 장남이라고. 이제 알았냐?"

"그렇게 된 거였어? 알았어."

이때 나는 화가 목까지 치밀어 올라 수화기를 꽝 내리쳤다. 눈앞이 안개가 낀 것처럼 뿌옇게 보였고 그렇게 우렁차게 울어대던 매미소리도 멍한 생각에 귀에 들리지 않았다.

'아니 이럴 수가….'

이제까지 한 핏줄인 줄로만 알았던 나에게는 어처구니없는 큰 충격이었다. 더 싫었던 것은 내 자신만큼 좋아하고 친했던 연희와 친사

촌이 아니라는 것이 상실감에 빠져들면서 상처로 남게 되었다.

나는 고개를 할미꽃처럼 푹 숙인 채 힘없이 가로수길을 무작정 걸었다. 그렇게 한참을 걷다 보니 기운이 없고 다리가 아파왔다.

그래서 편안하게 나를 맞이해 주는 푸른 나무 그늘아래 앉아 나의 어릴 적 일들을 생각했다.

'아, 그래서 그랬구나. 배가 다르니까 형제간의 우애도 없고 끝도 보이지 않는 싸움에 지지고 할퀴고 했었구나….'

우리 집안은 명절 때마다 친척들을 만나 웃고 기뻐하기는커녕 핏대를 곤두세우는 싸움판이었다.

우리 가족은 이리도 편 못 들고 저리도 편 못 들고 그냥 친척들 사이에 끼어 아무런 할 말이 없었다. 어머니가 아버지의 두 번째 첩이었으니까.

그런데 둘째 작은아버지네 오빠들 그리고 셋째와 막내 작은아버지는 그렇게 좋은 명절날 "내가 옳다, 그건 아니다, 너희들은 절대 그렇게 못해, 아니 안 돼"하며 오빠들 역시도 "우리도 그렇게는 절대 못합니다. 누구 마음대로 작은할머니 묘를 할아버지 옆으로 이장을 합니까?" 하며 싸웠었다.

셋째와 막내 작은아버지는 서울에서 떵떵거리며 살고 있었는데 그것을 조상님 덕으로 생각하여 조상 일엔 무엇이든지 발 벗고 나섰다.

그리고 셋째와 막내 작은아버지는 모의 핏줄이 같아 의견이 항상 일치했다. 작은할머니 묘가 할아버지 옆에 나란히 있도록 이장해야

슬픈 그녀의 행복

된다고 큰소리치고, 둘째 작은아버지네 오빠들은 그게 무슨 소리냐며 할아버지 옆에 큰마누라 묘소가 있어야 원칙이지 어떻게 작은마누라가 감히 할아버지 옆에 있냐며 이 문제로 시끌벅적했었는데 이제야 알게 되었다.

'배가 다르기 때문에 그렇게 서로 싸웠구나….'

이 사실을 알고 난 뒤 5일째가 되었다. 나는 기혁 씨를 만나 밤바람을 쐬기 위해 걸었다.

밤거리의 푸른 잔디는 불에 타버린 것처럼 검푸르게 보였다. 우리는 밤하늘에 떠 있는 별들처럼 알콩달콩 사랑을 속삭이며 대화를 나누었다.

"오늘 같은 날이 참 행복하고 좋다."

"……."

"난 어떤 사람이 제일 부러운 줄 알아?"

"글쎄, 어떤 사람인데?"

"TV에서 보면 가족끼리 화목한 모습들이 나오잖아. 나는 그게 제일 부러웠어."

"그건 누구나 마찬가지 아닐까?"

"그렇겠지."

"근데 난 그게 너무 부러워."

"기혁 씨도 그렇게 살면 되잖아."

"새엄마가 싫어."

"어떤 면에서, 뭐가 그렇게도 못마땅한데?"

"그냥 모든 게 다."

"그래드 어느 정도인지는 알고 싶어."

"그냥 알려고 하지 마."

"왜?"

"내 입으로 말하고 싶지 않아."

"그러니깐 내가 더 궁금해지잖아."

"우리 새엄마 탓은 그만하자."

"알았어. 안 할게."

"우리 어떤 일이 있어도 헤어지지 말자."

"사람 인연은 알 수가 없잖아."

"그건 그래. 그래도 약속해."

"알았어."

  나는 불타는 가슴이 풍선처럼 부풀어 올랐다. 이 세상 행복을 다 가진 것처럼 무엇 하나 부러울 것이 없었다. 그런데 어딘가 모르게 왠지 불길한 생각이 들었다. 행복 뒤엔 불행이란 것이 그림자처럼 따라오듯이 나에게도 어둠이 찾아올까 봐 가슴을 졸였다. 우리들의 사랑과 행복이 한순간에 깨질까 봐, 아니 서로의 마음속에 커다란 금이 갈까 봐서 또 어느 누가 와서 우리 사이에 끼어들까 봐 내 마음은 불안했다. 평생토록 우리만큼은 헤어지지 않을 거라는 믿음이 바윗돌처럼 두꺼운 마음이었지만 자꾸만 어딘가 모르게 불길한 생각이 스쳐 지나갔다.

  우리는 풀잎처럼 기대며 아침이슬처럼 맑게 살면서 이제까지 없었던 행복들을 하나 둘씩 만들어 가자며 사랑을 약속했다.
 꿈같은 사랑이 영원하기를 바라면서….
 나는 집에 돌아가는 길에 전라도에 사는 셋째 언니에게 전화를 걸었다. 그곳에서 기혁 씨를 알게 되었기 때문에 언니 목소리도 듣고 싶었다. 언니는 마치 전화가 오기를 손꼽아 기다렸다는 듯이 '여보세요'가 끝나기 무섭게 말했다.
 "야, 기혁 씨 할머니가 친할머니가 아니란다. 그리고 작은아버지, 큰고모, 작은고모, 기혁 씨 아버지까지 배가 다 다르고, 기혁 씨 아버지도 지금 살고 있는 부인이 세 번째이고 할아버지가 첩을 여러 번 얻었다고 그러더라."
 나는 눈앞에 불꽃이 튀는 것처럼 번쩍했다. 언니는 언제 이 일을 알았는지 모르지만 나에게는 뜻밖의 일이었다. 그리고 그 말을 듣는 순간 머릿속이 텅 비고 심장이 멎어 버리는 느낌이 들었다. 갑자기 현기증으로 인해 수화기를 들고 한참동안 멍하게 머뭇거리다가 말했다.
 "뭐? 뭐라고? 누구한테 들은 거야? 혹시 언니가 잘못 들은 거 아니야? 그럴 리가 없어. 엄마는 친엄마가 아니라고 할머니와 기혁 씨한테 들었지만 다른 말은 전혀 없었어. 그러니까 언니가 잘못 알고 있는 거야. 그 어처구니없는 말을 누가 했어?"
 "야, 청산댁이 없는 말을 했것냐?"
 "그분이 누군데?"
 "그 교회 집사님 있잖아. 기혁 씨랑 너랑 사귀는 걸 알고 청산댁이 오늘 우리 집에 오서 그러더라. 둘이 아직도 만나고 있냐고. 그래서 만나고 있다고 말했지."

"근데 뭐 때문에 기혁 씨 할아버지는 첩을 몇 번이나 얻으셨대?"

"처음 부인은 아를 못 낳으니까 헤어지고 또 두 번째 부인은 사별하고 그러다가 나중에 얻은 부인은 애를 낳을 수 있는데도 뭐가 안 맞았는지 몰라도 그렇게 됐다고 하더라. 너 이제 앞으로 어떻게 할래?"

"나도 몰라… 언니 일단 전화 끊을게. 잘 있어."

나는 고무바퀴에 바람이 빠져나간 것처럼 온몸과 다리에 힘이 쭉 빠져 버렸다.

밤 10시가 넘었는데도 어떤 정신으로 집에 들어갔는지 모를 정도로 머리가 아프고 혼란스러웠다. 그와 만나기 전 할아버지를 몇 번 본 적이 있었다. 할아버지가 돌아가신 후 그를 만났지만 할아버지께선 아주 미남이셨다. 칠십이 넘으셨지만 꽤 젊어 보이셨고 항상 양복 스타일에 깔끔한 이미지셨다.

할머니께서도 미인이고 멋쟁이셨다. 그런데 할머니와 기혁 씨는 인연인지 필연인지는 몰라도 친엄마로 보일 만큼 얼굴이 똑같이 닮아 믿어지지 않았다.

'어쩌면 그렇게도 친손자처럼 얼굴이 똑같이 닮을 수가 있단 말인가? 어떻게 이런 신기한 일이 있을까?'

복잡한 가정 환경이 혼란스러웠다. 한순간에 마음속에 있던 모든 행복이 산산조각 나서 머릿속이 거미줄처럼 엉키기 시작했다.

어릴 적 삶이 하나하나 머릿속에 떠올랐다. 두 번 다시 떠올리고 싶지 않던 아픈 상처들이 생각났다. 어떻게 이런 인연이 있을까? 난 마음속이 온통 쑥대밭처럼 갈기갈기 찢어지는 고통을 겪으며 갈등하기 시작했다. 앞으로 어떻게 해야 할지 잠도 오지 않았다. 밥도 먹기 싫었다. 마음속이 온갖 먹구름으로 가득 차 있었다.

하루는 천둥번개와 동반한 폭우가 쏟아졌다. 나는 창밖에 흘러내리는 빗물을 보면서 소리 없는 눈물을 흘렸다. 그리고 창을 타고 내려오는 빗물처럼 눈물이 앞을 가리도록 마음껏 울었다. 둘만의 사랑이 끝까지 결실을 맺기 원했는데 행복한 미래만을 꿈꾸어 왔는데 또 서로가 사랑했는데 집안환경이 그렇다고 헤어져야 하는 갈등을 겪고 있는 나 자신이 싫었다. 헤어져도 못 살 것 같고 결혼을 해도 행복할 수 없을 것만 같고 또 어떻게 생각하면 서로 이해하고 잘 살 수 있을 것 같은 생각도 들었다.

하지만 나의 어릴 적 일들을 생각하면 그런 모습들이 두려웠다. 배가 다르다 보면 삶이 시끄럽기 때문에 나는 끝없는 갈등과 고민에 빠져 있었다. 그것도 장손에다 장남이어서 더 자신감이 없었다. 앞으로 헤어져야 한다면 나의 이상형을 어디에서 또 만날 수 있을까? 아니, 만날 수 있으리라는 보장도 없었다.

나는 그의 곁에 영원히 있고 싶었다. 기쁨도 슬픔도 함께 나누고 싶었다. 그런데 마음속에서 갈등하고 있는 내 자신이 한없이 미웠다. 갈등과 고민이 며칠째 계속되었다. 그리고 흙 속에서 올라온 버섯처럼 갈등이란 풍파가 나의 깊은 가슴속에서 올라와 쓰디쓴 이별을 선택하게 되었다.

그는 퇴근 후 늘상 일정한 시간에 집에 도착했다. 해가 산을 넘어 반쯤 가려졌을 때 그가 노란 서류봉투를 옆구리에 끼고 평온한 모습으로 걸어오고 있었다. 그리고 미소 짓는 모습으로 나를 반겼다.

그렇지만 난 굳은 얼굴로 미련한 곰처럼 바라만 보았다. 그러자 그는 커다란 눈망울이 슬픔에 젖은 듯한 모습으로 말했다.

"들어가자."

"그냥 안 갈래."

"왜 그래, 갑자기?"

"할 말이 있어서 왔어."

"그러니까 집에 들어가서 얘기하자."

"안 들어가."

"무슨 일인데 그래? 어디 아파?"

"아니."

"그럼 무슨 일 있는 거야?"

"나랑 얘기 좀 해."

"무슨 일인데 그래?"

"우리 이젠 그만 만났으면 해."

그는 내 말을 듣는 순간 생명 없는 마네킹 인형처럼 미동도 없었다. 그리고 벙어리마냥 이유나 변명도 묻지 않았다. 또 붙잡지도 않았다. 나도 더 이상 머물고 싶지 않았다.

"잘 있어…."

그 말 한마디만 남긴 채 발걸음을 돌렸는데 그가 묵묵히 내 뒤를 따라오고 있었다. 나는 한 번 뒤를 돌아보았다. 그의 모습은 무인도에 홀로 남은 사람처럼 공포에 사로잡혀 있는 것 같았다. 말 한마디 없이 힘없는 모습으로 버스정류장까지 따라온 그가 입을 열었다.

"언젠가 인연이 있으면 또 만나겠지…."

"잘 살아. 버스 왔어. 나 갈게."

그는 쳐다만 보았다. 나는 버스에 올라타 자리에 앉아 창밖을 바라보았다.

'이 길도 이제는 마지막 길이겠지. 다시는 588번 버스도 타는 일이 없겠지. 기혁 씨도 오지 않겠지….'

나도 모르게 눈물이 흘러내리고 있었다.

'그래, 마지막으로 실컷 울어보자. 속 시원하게 눈물을 흘러내려서 아픈 마음을 달랠 수만 있다면 마음껏 울어야지.'

나는 한 손으로 얼굴을 가렸다. 눈물은 멈출 줄 모르고 있었다.

'지금쯤 그는 얼만큼 상처를 받았을까? 지금 무슨 생각을 하고 있을까? 왜 나를 붙잡지 않았을까? 붙잡았더라면 다시 한 번 생각해 봤을 텐데, 왜 이유도 묻지 않은 채 날 내버려 두었을까? 자존심 때문에? 아니면 사랑하지 않았기 때문일까?'

나는 서운한 마음이 들었다.

"이유가 뭐야! 다시 한 번 생각해 봐. 나는 너 없으면 살 의욕이 없어."

이런 말을 듣고 싶었는데 그는 그냥 흘러가는 물처럼 내 맘대로 가게 내버려 둔 것이 믿어지지 않았다.

'왜 그랬을까? 바보! 자존심이 밥 먹여 주나. 그게 남자야?'

이런 생각을 하면서 투덜거리며 신월동에 도착했다. 그리고 생각했다. 기혁 씨를 잊기 위해 신월동에서 떠나기로….

무언가를 다 잃은 것처럼 허전했다. 세상 살 의욕마저도 잃어 버렸다. 일하는 데도 힘이 나지 않았다. 나의 꿈도 버리고 싶었다. 헤어지겠다고 내가 결정을 내렸지만 그가 붙잡지 않은 것이 야속했다. 그래서 더 괴로웠다.

겨우 흔들게 며칠을 견뎌왔다. 그가 어떤 모습에 있을까 궁금해 하던 차에 기혁 씨 고모님한테 전화가 걸려왔다.

"여보세요?"

"나 기혁이 고도야."

"안녕하세요."

"잠깐 시간 내서 나 좀 만나면 안 될까?"

"무슨 일이세요?"

"다름이 아니라 우리 기혁이한테 헤어지자고 말했다던데… 그게 사실이야?"

"네."

"우리 만나서 이야기 좀 하자!"

"저는 이미 다 끝났는데요."

"혼자만 끝나면 뭐해! 기혁이 지금 어떻게 하고 있는 줄 알아? 그 애 출근도 안 하고 3일째 밥 한 끼도 먹지 않은 채 누워 멍하니 천장만 보고 있어. 그러니까 나 좀 만나서 얘기 좀 하자. 오늘 시간 내서 우리 집으로 좀 오면 안 될까? 내가 부탁할게. 나를 봐서라도 꼭 한 번 만나 줘."

"네, 그렇게 할게요."

"언제쯤 올 건데?"

"오늘은 안 되고 내일 시간 내서 찾아뵐게요."

"고마워. 꼭 와야 돼."

"네, 걱정하지 마세요."

나는 전화를 끊고 중얼거렸다.

'바보같이 그렇게 지내려면서 왜 붙잡지 않았어? 내가 그럴 줄 알았어.'

나는 고모에게 이 말을 듣고 나서야 기혁 씨 마음을 알았다. 고모님은 나에게 친근감 있게 잘해 주었다. 그래서 그 누구보다도 마음이 편했다.

내일이 기다려졌다. 마지막 길이라고 생각했던 길을 다시 그리움과 함께 고모님 댁에 도착했다. 열려 있는 대문 사이로 고개를 살며시 내밀며 나는 죄책감에 머뭇거리고 있었다. 고모는 마당의 수돗가에서 빨래를 하고 있었는데 나를 보는 순간 급히 걸어와 손을 잡으며 반가워 어쩔 줄 몰라 하셨다. 그리고 빨래하던 일을 뒤로 미룬 채 어떻게 된 일이냐며 우리 기혁이와 왜 헤어지자고 그랬냐며 따지듯이 물었다.

나는 고개를 숙인 채 아무 말도 하지 않다가 한참 후에야 입을 열었다.

"바람 좀 쐬면서 말하고 싶은데요."

"그래 가자."

나는 고모네 집 근처에 있는 ○○산 입구까지 걸어가 작은 바위 위에 앉았다. 우리는 서로가 말이 없었다. 고모님은 내가 먼저 말해 주기를 기다리셨다.

그렇지만 난 아무 말도 하고 싶지 않았다. 그냥 묵묵히 수심이 가득 찬 얼굴로 땅만 쳐다보고 있었다. 그러자 고모님께서 먼저 말씀하셨다.

"우리 기혁이 불쌍한 애야. 두 살 때부터 할머니 손에 컸는데 부모님이랑 산 지 얼마 안 됐어. 그동안 새엄마가 어떻게 했는지 알아?"

나는 정신을 바짝 차리고 고모님의 말에 귀를 기울였다. 호기심이 생겼다. 가끔 그가 자기 입으로는 말하고 싶지 않다던 새엄마의 비밀을 이제야 듣는구나 싶었다.

"새엄마가 어떻게 했는데요?"

"자기가 낳은 자식밖에 모르고 기혁이가 퇴근하기 전에 미리 식구들끼리 저녁을 다 먹고 밥을 하나도 남겨놓지 않아서 그 애 혼자 라면을 끓여먹고 살았단다. 그것뿐만이 아니지. 기혁이 옷도 빨아주지 않아서 그 애가 직접 빨아 입었고 그리고 틈만 나면 이 새끼 저 새끼 해가면서 방 얻어 나가 살라고 소리 질렀대. 우리 기혁이처럼 착한 애가 어디 있어? 술도 안 먹지 담버도 안 피우지 성실하지…. 그런데도 새엄마는 기혁이가 살고 있는 그 자체만으로도 꼴을 보지 못했단다. 그래서 우리 기혁이가 어떻게라도 결혼할 때까지는 견뎌보려고 했었는데 못 참고 방을 얻어 나온 거야."

나는 고모님 말을 듣고 난 후 중얼거렸다.

'이중인격자… 부모님 상견례 때는 우리 아들 해가며 참 잘생겼고 어디다 내놔도 빠지지 않는다고 친아들처럼 칭찬을 해놓고….'

내가 본 인상 그대로 냉정하고 독한 여자였음을 알 수 있었다.

'그래서 할머니께서 이런 일들 때문에 결혼식을 빨리 하자고 서둘렀구나.'

"우리 기혁이 불쌍한 애야. 그러니까 네가 엄마 역할도 해주면서 애인 역할은 물론이고 잘 해줬으면 좋겠어. 근데 불쌍한 우리 조카한테 왜 상처를 주는 거야? 헤어지려는 이유가 뭐야?"

나는 입을 열지 않았다. 좀 조심스러운 일이라 말하고 싶지 않았다. 그래서 한없이 시간을 끌고 있었다. 그냥 이대로 고모님이 묻지 않았으면 하고 입을 다물고 있었다. 그런데도 고모님은 참다못해 화난 목소리로 따져들기 시작했다.

"너, 사람 답답하게 왜 입 놔두고 말을 하지 않는 거니. 이유가 있을 거 아냐. 우리 기혁이가 지금 어떤 상태인지 눈으로 안 봤으니까 그렇지, 그 애 다 죽어간다. 얼마나 상처가 컸길래 일도 안 나가고 밥도 안 먹고 저렇게 누워만 있다. 앞으로 어떻게 할 건데? 말해봐 어서."

"저 고모님, 그게…."

"그게 뭔데? 말 못하는 사정이야?"

"그건 아닌데요….'"

"그럼 뭐야? 우리 기혁이가 갑자기 싫어진 거야? 아니면 딴 남자가 생긴 거야?"

나는 고개로 살짝 아니라고 말했다.

"그럼 이유가 뭔데? 이제 와서 헤어지면 우리 기혁이는 어떡하라고."

"저…."

고모님이 붉게 변한 얼굴로 나를 빤히 쳐다보았다. 난 또다시 머뭇거렸다. 그러다가 힘없는 목소리로 "기혁 씨 할머니께서 친할머니가 아니라고…." 여기까지만 말하고 더 이상 아무 말도 하지 않았다.

그러자 그 말이 끝나기 무섭게 고모님은 앉은 자리에서 벌떡 일어나 흥분하며 사나운 말투로 쌍스럽게 소리쳤다.

"야, 이 싸가지 없는 년아! 너 잘 헤어졌다. 너 같은 년은 백 명 있어도 아무 쓸모없는 년이야. 너 같은 년이 어디에서 결혼도 하기 전에 조상일을 들먹거려?"

"고모님, 그게 아니라요."

"시끄러! 이 싸가지 없는 년아. 너 같은 년한텐 더 이상 어떤 말도 듣고 싶지 않아.'

나는 기가 막혔다. 고모님이 갑자기 변하는 모습에 나도 순간 소리지르고 싶었다. "무슨 욕을 그렇게 심하게 하세요?"라고 따지고 싶었지만 참을 수밖에 없었다.

처음에는 정말 서운했다. '우리 교회를 다닌 구역장 입에서 어떻게

슬픈 그녀의 행복   113

저런 심한 욕이 나올 수 있을까? 껍데기 신자구나.' 이렇게 생각되다가도 고모님이 왜 그러시는지 난 알 수 있었다. 우리 집안처럼 핏줄이 다르니까 저 집안 형제간도 싸우며 살아왔기 때문에 흥분하시겠지 하고 이해가 되었다.

고모님은 나에게 "니년, 여기에 두 번 다시는 오지도 말고 네 갈 길로 가!"라며 사람 잡아먹을 듯한 모습을 하더니 얼음처럼 차갑게 돌아서서 재빠르게 걸어가셨다.

나는 앞이 캄캄하고 한편으로는 마음이 답답했다.

'이제는 완전히 끝이구나. 고모님이 욕하지 않고 부드럽게 이유를 물어봤으면 얼마나 좋았을까? 차라리 그렇게 나왔으면 친할머니가 아니면 어떠냐고 그게 무슨 죄가 되냐고 나를 타일러 주었으면 얼마나 속이 후련했을까?' 그럼 나는 나와 사정이 똑같아 결혼하면 행복한 생활을 못할까 봐 그랬었노라고 말하고 싶었는데 말할 기회를 주지 않았다. 무작정 욕을 한 고모님이 야속하기만 했다.

나는 한순간에 하늘로 치솟았다가 낭떠러지로 떨어지는 기분이었다.

그날 이후 난 하던 일을 그만두었다. 그리고 고모님과는 상관없이 내 감정만으로 그에게 동정심이 들기 시작했다. 고모님께 불쌍한 애라는 말을 듣고 마음이 편치 않았다. 그가 어떻게 살았는지를 몰랐을 때는 사랑만이 존재할 뿐 동정심은 생기지 않았었다. 그런데 이제는 생각이 바뀌었다. 그를 내가 챙겨주고 잘 해주고 싶었다. 그리고 내가 먼저 헤어지자고 한 행동이 미안했고 아무 일 없었던 것처럼 다시 시작하고 싶었다.

　기혁 씨와 헤어진 지 일주일이 지났다. 그가 말할 수 없을 만큼 보고 싶어졌다. 이제는 갈 수 없다는 것을 알면서도 그래서 더더욱 잊어야겠다고 생각을 하면서도 내 감정을 조절할 수가 없었다. 또 보고 싶어 미칠 것만 같았다.

　그래서 비록 자존심은 상하지만 그가 있는 곳으로 찾아갔다. 나는 골목길에서 그가 퇴근해 오기만을 기다렸다. 그는 정해진 시간에 축 처진 모습으로 힘없이 걸어오고 있었다. 그는 나를 보고 미소도 짓지 않은 채 발걸음을 멈춰 멍하게 쳐다만 보았다. 나는 서서히 다가가 그동안 어떻게 지냈냐며 안부 인사를 건넸다. 그는 아무 대답도 하지 않았다.

　"우리 잠깐 어디 가서 얘기 좀 해."

　"할 말 있으면 여기서 해. 나 시간 없어."

　"시간 핑계 대지 마. 나하고 말하기 싫은 거겠지."

　"그래. 알면서 왜 물어."

　"고모님이 무슨 말 했어?"

　"몰라, 묻지 마."

　이때 나는 그가 하는 행동에 고모님이 생각났다. 기혁 씨에게 이간질을 시켜 나를 떼어 놓으려는 것이 분명했다.

　"미안해. 내가 잘못했어. 내 감정만 생각하고 헤어지자고 했던 말 사과할게. 그러니까 다 용서하고 우리 예전으로 돌아가 다시 시작했으면 좋겠어."

슬픈 그녀의 행복　**115**

그는 나에게 한 번도 보이지 않았던 눈빛을 보였다. 금방이라도 눈물이 쏟아질 것처럼 커다란 눈에 눈물이 고여 있었다. 그 모습을 보는 순간 나도 눈물이 나오고 말았다.

"우리 다른 곳으로 가자. 고모가 알면 안 되니까."

우리는 처음 만난 것처럼 어색했다. 그가 내 곁으로 돌아올 것이라곤 생각하지도 못했다.

"미안해."

"뭐가?"

"내가 먼저 헤어지자고 말한 거."

"그 말을 듣는 순간 숨이 멎어버리는 줄 알았어."

"그런데 왜 이유 같은 건 묻지 않았어?"

"묻고 싶었는데 입에서 말이 나오지 않았어. 충격 때문에 그랬나 봐."

"다시는 그런 말 안 할게."

"다 지나간 일이고 앞으로가 중요해."

우리는 아무 일이 없었던 것처럼 예전으로 다시 돌아갔다.

그런데 고모님으로 인해 우리 사이가 잘못될까 봐 마음에 걸렸다. 그래서 다음 날 나는 기혁 씨를 만나러 갔다. 이때는 용기가 생겨 고모님도 무섭지 않았다. 만약에 부딪히게 되면 사과를 드리고 용서를 빌어야지 하고 생각했다. 그런데 그만 골목에서 고모를 만나고야 말았다.

"안녕하세요."

"니년이 뭔데! 누군데! 여기가 어디라고 왔어? 내가 말했지! 우리 기혁이 앞으론 만나지 말라고. 네년만 보면 치가 떨린다!"

나는 또다시 충격을 받았다. 도대체 내가 무슨 잘못을 그렇게 크게 했길래 나를 보면 치가 떨린다고 할까? 분통이 터지는 일이었다. 내가 잘못한 것은 그에게 헤어지자고 한 말과 고모님께 기혁 씨 할머님이 친할머니가 아니라고, 딱 거기까지만 말한 것밖에 없는데… 또 고모님께 말대꾸 한번 하지도 않았는데 나를 보면 치가 떨린다니 기가 막혔다.

이렇게 고모와 서 있는 중에 그가 나타났다. 고모는 재빠르게 기혁 씨를 한쪽으로 끌고 가 무슨 말을 하고 있었다. 한참 후 고모는 집으로 들어가고 그는 나에게 다가와 또 고모에게 무슨 말을 어떻게 했냐고 화를 냈다.

"그게 무슨 말이야? 나 고모님 방금 골목에서 만나서 '안녕하세요' 인사 한마디밖에 한 적 없는데 그게 무슨 소리야?"

"왜 그렇게 거짓말을 잘해?"

"무슨 거짓말? 내가 뭘 잘못했다고!"

"고모 말은 그게 아니던데."

"고모가 기혁 씨한테 무슨 말을 어떻게 했는데? 나한테 말해 봐!"

"필요 없어. 더 이상 말하고 싶지 않아."

"말 좀 해봐. 말을 해야 내가 알 거 아냐. 왜 그래? 혼자만 속으로 끙끙대지 말고 말을 하란 말이야. 고모가 뭐라고 했는데?"

그는 아무 대답도 하지 않았다. 또 고모가 기혁 씨에게 사람 죽이는 말로 이간질을 시킨 것이 분명하게 느껴졌다.

"고모 말만 믿지 말고 내 말도 믿어 줘. 나 정말 '안녕하세요' 그 말 한마디밖에 안 했단 말야. 고모님이 나한테 욕은 했지만 그래도 난 말대꾸 한마디도 안 했는데 무슨 말을 어떻게 들었길래 그래?"

"그게 사실이야?"

"그래 사실이야. 믿어 줘!"

이렇게 해서 또 우리는 오해가 풀어졌다. 그리고 더 이상 고모에 대한 감정이나 예전 일을 꺼내지 않았다. 우리는 ㅇㅇ공원으로 갔다. 서로가 말이 없었다. 그냥 우린 멍하니 잔디에 앉아 맥이 빠져 있었다. 시간이 한참 흘러 해가 어두워지고 있었다.

"…난 이제까지 살면서 서연 씨만큼 사랑해 본 사람이 없었어."

나는 가슴이 찡하니 뭉클해졌다. 그가 나를 사랑한 것이 사실이었구나 하고.

"서연 씨가 나랑 헤어지자고 한 후 이틀 후에 신월동에 갔었어. 일하는 근처 신호등 앞에서 혼자 몰래 바라만 보다가 돌아왔어."

"진짜 그랬어?"

"내가 왜 없는 말을 하겠어. 너무 보고 싶어서 견딜 수가 없었어. 그래서 혼자 몰래 바라만 보다가 그냥 집으로 돌아왔었지."

나는 눈물이 핑 돌았다. 가슴이 아팠다.

"…우리 그냥 같이 살림 붙이고 살아 버리자."

"그건 안 돼."

"왜 안 되는데?"

"말도 안 되니깐 그렇지. 결혼식도 안 하고 동거생활부터 시작하자고?"

"응."

"이유가 뭐야?"

"고모가 너무 반대하니까 나도 불안하고 고모 잔소리도 듣기 싫어. 그래서 그냥 빨리 살아버렸으면 해."

"그건 안 돼."

"나 농담으로 하는 말 아니야. 진심이야. 오늘부터 같이 살다가 보름 후에 다른 곳으로 살림방 얻어서 이사 가자."

"그럼 오늘 집에 가서 한번 생각해 보고 내일 다시 올게."

"나도 고모한테 다 털어놓고 말할래."

"자신 있어?"

"같이 살게 되던 어쩔 수 없게 되겠지."

"그래도 양쪽 집안 다 허락받고 살아야지."

"난 고모 허락간 받으면 돼."

"끝까지 반대하면 어떻게 할 건데?"

"그건 나도 몰라."

"왜 모르는데? 그럼 고모님이 죽으라고 하면 죽을 거야?"

"아니."

"그런데 왜 모른단 말을 해?"

"그러니까 몰래 살아버리자고."

"안 돼. 고모님께 허락을 먼저 받아야지."

슬픈 그녀의 행복 119

하루가 지났다. 내가 와 있는 것을 알고 고모가 찾아오셨다. 고모는 짧은 숏커트 머리에 곱지도 않은 얼굴로 마음속엔 분을 품고 왔으니 불독처럼 느껴졌다.

"고모님, 오셨어요."

나는 자리에서 벌떡 일어나 인사를 했다.

"니년은 참 끈질기다. 누구 맘대로 여기에 와 있어?"

이때는 나도 속으로 중얼거렸다.

'네가 뭔데 우리 두 사람 사이를 갈라놓으려고 하는 거야? 되게 잘난 척하네. 웃기고 있어.'

기혁 씨 아버지와 고모는 아주 딴판이었다. 그야말로 미남과 추녀 꼴이었다. 그런 사람이 외모와 맞지도 않게 똑똑한 척 잘난 척을 했다.

"너 당장 나가! 여기가 어디라고 온 거야? 야! 너는 여자가 없어서 이 싸가지 없는 년을 선택했냐? 결혼은 장난이 아니야. 남자는 여자를 잘 만나야 돼. 너 새엄마한테 질리지도 않았냐? 결혼하기도 전에 조상 들먹거리는 싸가지 없는 년이 뭐가 좋다고 이 여자한테 매달리고 있는 거야! 당장 헤어져!"

그는 아무 말이 없었다. 나도 가만히 듣고만 있었다. 그런데 듣고 있다 보니 기가 막혔다. 내가 고모에게 한 말이라고는 딱 한마디, 친할머니가 아니라고, 그 말밖에 하지 않았는데 조상 말을 얼마나 꺼냈다고 그럴까?

"너, 이 여자하고 같이 살려면 고모하고 인연 끊자. 나는 이 싸가지 없는 년 꼴은 절대 못 본다. 그러니 어떻게 할래? 너 빨리 말 좀 해봐. 어떡할 거야?"

그래도 그는 아무 말이 없었다. 벽에 등을 기댄 채 심각한 표정으로 앉아 얼굴이 굳어져 있었다.

"기혁아, 이 새끼야. 너 새엄마한테 별 꼴을 다 당하면서 살아 봤잖아! 그렇게 똑같은 여자 만나서 같이 살 거야? 잘 생각해 봐. 남자는 여자를 잘 만나야 돼."

고모님은 한 시간 내내 쉬지 않고 욕을 하며 잔소리를 했다. 그러자 그는 아예 자리에 드러누워 버렸다. 아무 말 없이 앉아 있는 것이 힘들었는지 반듯하게 누워 이마에 손을 올려놓고 있었다. 내 생각엔 아마 머리가 아픈 것 같아 보였다.

이때 고모님은 더 화를 내며 이젠 윗입술이 코에 닿을 듯 말 듯하게 말했다.

"야! 이 바보 곰 같은 자식아. 이 여자가 어디가 그렇게 좋으냐? 세상에 널리고 널린 게 여잔데 꼭 이년 아니면 못살 것 같냐? 야 이 자식아, 말 좀 해봐. 고모 말이 말 같지가 않냐? 너 이년하고 살려면 고모하고 인연을 끊든가 아니면 멀리 제주도에 가서 살든가 맘대로 해! 어떻게 할래? 너 이년하고 제주도 가서 살래? 아니면 나랑 인연 끊고 살래? 말 좀 해봐, 이 바보 같은 자식아!"

이렇게 심하게 욕을 하더니만 고모는 누워 있는 기혁 씨 다리를 미친 듯이 주먹으로 치면서 말했다.

"야, 이 새끼야! 너 같은 놈이 남자냐? 술에 물 타듯 흐리멍텅하게 판단도 못하고 너 같은 놈이 남자야? 아예 떼어서 갔다 버려라! 야 이 새끼야, 넌 남자도 아니야!"

이때 나는 어릴 적 일들이 생각났다. 둘째 오빠와 과부가 사랑에 빠져 있을 때 어머니와 큰언니가 욕을 하며 반대를 했었다. 나는 셋째언니 결혼을 반대해서 언니에게 빗자루로 맞았었는데 기혁 씨는 나와 안 헤어진다고 고모에게 주먹으로 얻어맞고 있는 걸 보니 이제는 나도 한계가 와서 헤어져야겠다는 생각을 하고 있었다.

그때 마침 그가 나에게 말했다.

"서연 씨, 집에 돌아가 있어. 내가 결정해서 3일 안으로 연락 줄게."

기다림 끝의 방황

　하루가 1년 같고 이틀이 천년같이 가슴을 조이며 3일을 기다렸는데… 연락이 오지 않았다. 그는 나를 뒤로한 채 고모님을 선택하고 말았나 보다.
　고모님은 자기가 난 친자식보다 더 많이 사랑하고 아껴주며 친엄마처럼 행동해 왔었다. 그래서 그는 쉽게 고모님을 배반할 수 없었고 나를 버릴 수밖에 없을 거라고 생각했다. 그렇지만 고모님과 같이 살 것도 아닌데 고모님 말을 듣고 사랑하는 여자를 버리고 잘 살 수 있을까?
　아마 고모님은 어린애처럼 달래가며 살살 꼬셔 놓았을 것이다.
　그래서 그는 이러지도 못하고 저러지도 못했을 것이다.
　이 모든 것을 이해하면서도 나는 괴로움의 늪에 깊이 빠져들고 있었다.
　이제는 그가 내 곁으로 오지 않을 것이라는 생각으로 가득 차 있었지만 그래도 혹시 모른다는 기대감 때문에 괴로웠다.
　보름이 훌쩍 넘어가고 있었다. 길을 걸어가도 잠자리에 누워도 어린 시절 이상형을 그려 놓은 것처럼 그리움이 머릿속에 가득 메워졌다. 먼저 헤어지자고 한 사람은 나였지만 그래도 고모님이란 분이 그렇게까지 두 사람을 떼어 놓을 수는 없을 것이라고 생각했었다. 친고모라면 이해가 되겠는데 그렇지도 않으면서 두 사람 사이를 갈라놓는 것은 있을 수 없는 일이었다.

 나는 그렇게까지 내가 큰 잘못을 하지 않았다고 생각하고 있었다. 그래도 기혁 씨에게 내가 먼저 헤어지자고 했던 말은 후회가 되었다. 하지만 나도 그럴 수밖에 없었다.

 조상 핏줄이 꼬불꼬불한 오솔길이 아니고 반듯한 고속도로라면 얼마나 좋았을까? 어쩌다가 나처럼 똑같은 환경이 되었을까?

 어떻게 보면 천생연분으로 잘 만났는데 그는 나보다 더 복잡한 환경이었다. 그래서 갈등에 허덕이다가 쓰디쓴 이별이란 결정을 내렸던 것이었다. 그런데 어떤 쪽을 택했을 때 더 힘들고 괴로운지 세월이 말해줬다. 나는 후회가 막심했다.

 백 번 천 번을 생각해 봐도 못 잊을 바엔 가정환경보다는 그를 선택했어야 하는 것이었다.

 나의 짧은 생각의 실수였다. 가슴이 저렸다. 그토록 어린 시절에 그려 놓았던 이상형이어서 미칠 것만 같았다.

 그와 얼굴을 안 본 지도 한 달이 다 되어 가고 있었다. 항상 늦어도 일주일 안엔 얼굴을 볼 수가 있었는데 이젠 그러지 못해 나는 망상병에 걸려 앓아누웠다. 그를 기다리다 지쳐버린 데다가 보고 싶은 마음에 정신만 살아있었지 바람 빠진 축구공과 다를 바가 없는 몸이었다. 한동안 방안에 누워 눈물만 흘리며 끙끙 앓았다.

그가 있는 곳 근처라도 가보고 싶었다. 오랜만에 나온 외출이었다. 그리움에 젖은 채 588번 버스에 몸을 실었다.

그렇지만 집 근처까지는 가지 않았다. 혹시나 고모님하고 부딪칠까 봐 그게 두려웠다. 나는 ○○공원에서만 머뭇거렸다. 혼자 멍하게 벤치에 앉아 있었다. 그가 나를 찾아올 것만 같았다. 기혁 씨도 내가 그리워서 이곳에 올 것 같이 느껴졌지만 그는 끝내 보이지 않았다. 그래도 난 혹시나 하고 주위를 미친 사람처럼 두리번거렸다. 그러나 저녁이 다 되도록 그는 보이지 않았다.

나는 밥을 가끔 한 끼 정도만 먹었다. 그래서 현기증이 나고 힘이 없었다. 그런데 나와는 달리 비둘기들은 활기차게 구구구구거리며 땅에 있는 먹이들을 정신없이 쪼아 먹고 있었다. 비둘기들이 얼마나 부럽고 행복해 보였는지 바꿀 수만 있다면 바꾸고 싶었다.

'물론 비둘기들도 사랑을 하겠지만 나처럼 이상형을 몇 년 동안 마음속에 품었다가 아름다운 사랑을 하고 이별을 하진 않겠지. 아무나 짝을 찾아 사랑을 나누고 새끼를 낳아 언제 그랬냐는 듯이 훨훨 날아다니겠지….'

그는 지금쯤 어떻게 지내고 있을까?

나는 방황을 하고 살 의욕마저도 없는데 그는 밥 잘 먹고 소화 잘 시키고 두 다리 뻗고 잠이 잘 오고 있는지 알고 싶어졌다.

우리는 서로가 싫어서 헤어진 것도 아니다. 고모님이 억지로 뜯어 놓았는데. 지금쯤 그는 무엇을 하고 있을까? 내 생각에 피로워하고 있을까? 무척 궁금했다. 나는 그가 보고 싶었다. 머리도 지끈지끈 아팠다.

'앞으로 어떤 모습으로 살아야 할까?'

나는 하루 빨리 잊어야 되겠다고 몸부림을 치며 애를 써봤다. 머릿속은 수없이 잊어야 된다고 생각하고 있었지만 그게 쉽게 되지가 않았다. 그래서 그가 내 마음속 깊이 자리 잡고 있는 공간을 도려낼 수만 있다면 도려내 버리고 싶었다. 너무 괴롭고 고통스러워서 싫었다. 그리고 부모님에 대한 아픔보다 이성 간의 사랑이 더 뼛속 깊이 아프다는 걸 처음 알았다.

그래서 길을 걸어가도 하늘을 보며 '인연이 아니면 차라리 만나게 하지 말지. 헤어질 바엔 만나지 않았더라면 얼마나 좋았을까' 하고 탄식했다.

그것도 한두 번이 아니었다. 틈만 나면 하늘을 보며 원망을 했다. '인연이 아니면 만나게 하지 말지. 안 그러면 마음속에서 깨끗이 잊어버리게 해주던가….'

시간은 흘러가고 있었다. 그는 여전히 내 가슴속 깊숙이 남아 나를 미치게 만들었다. 세월이 약이라고 했건만 아무 소용이 없었다. 시간이 가면 갈수록 그리움이 더 깊어져 갔다.

어느 날 정신이 반쯤 나간 상태에 놓여 있을 무렵이었다.

한 남자가 기혁 씨로 보여 난 깜짝 놀라 뒤를 쫓아 달려갔다.

그런데 그가 아니었다.

'내가 왜 이래? 분명 똑같았는데… 왜 갑자기 다른 사람이야?'

이런 내 자신이 화가 났다. 그는 나를 찾지 않고 잘 살고 있는데 난 왜 정신을 못 차리고 이렇게 살고 있는 것인지….

우리는 사랑을 똑같이 나누었다. 같은 시간에 만나 정들고 헤어졌는데 누구는 견딜 수 있고 나는 왜 잊지 못할까 짜증이 났다. 미치도록.

어떻게 해야 잊혀질까? 남들은 사랑하는 님을 떠나보낸 뒤에 다른 사람을 만나면 잊혀진다고들 했다. 그러나 난 그가 아니면 어느 누구도 만나고 싶은 마음이 없었다. 이러니 온전한 정신이 될 수가 있을까? 그야말로 미친 사람과 하나도 다를 바가 없었다.

어느 날 주일이었다. 멍하게 길을 걸어가고 있었다. 멀리서 보이는 낯선 남자가 드 기혁 씨로 보였다. 그 순간 나는 정신이 바짝 났다. 그가 영등포연 웬일이야? 여긴 왜 왔을까? 나를 찾아 헤매는 건 아닐까? 하고 낯선 남자 앞으로 뛰어갔다. 이때 내 몸에서는 팔팔한 생기가 돌았다. 눈에선 불꽃이 튀었다. 정신은 파란 하늘처럼 맑았다. 하늘을 나는 듯한 기분으로 낯선 남자 옆에 멈추어 섰다. 그런데 이번에도 그가 아니었다. 나는 바로 상실감에 빠져 몸이 축 처져 버렸다. 눈물이 흘러내리고 있었다.

'왜 헛것이 보이는 거야? 분명히 기혁 씨로 보였는데 왜 갑자기 아닌 거야….'

나 자신이 아프래도 미친 것 같이 느껴졌다. 정신이 돌지 않고서는 이렇게 헛것이 보일 수가 없었다.

그래서 자신을 위해서라도 더더욱 잊어야 되겠다고 마음을 독하게 먹고 뼈저리게 몸부림을 쳤다. 직장도 다니고 친구들도 자주 만났다.

그러나 이것도 아무 소용이 없었다. 자나 깨나 오직 기혁 씨 생각뿐이었다. 어릴 적 늘 마음속에 이상형을 그려 놓고 생각했을 때와 똑같았다.

그의 마음을 알고 싶었다. 나를 잊고 사는 건지 아니면 나처럼 못 잊고 괴로워하고 있는 건지 아니면 연인이 생겼는지….

난 미련을 버리지 못하고 있었다.

'언젠가는 꼭 나를 찾겠지, 멀지 않아 연락이 오겠지' 생각하면서도 '아니야, 그는 오지 않을 거야. 그래서 빨리 잊어야 돼' 하고 내 자신과 다짐하며 마음을 달래었다.

모든 추억과 아픔을 지워버리고 싶었다. 그러나 나무껍데기와 같은 불가능한 일이었다. 가슴속 깊은 곳에 그가 눌러앉아 있었다.

이런 내 마음을 무엇으로 파내 버릴 수 있단 말인가. 나처럼 정에 약한 바보 같은 여자가 이 세상에 또 있을까? 왜 독하지 못할까? 다른 남자를 만나면 될 텐데 왜 돌아오지 않는 사람에게만 미련을 갖고 있을까? 난 못난 바보였다.

그래서 '바보'란 노래를 좋아했다.

오랜만에 그녀가 보내온 짧다란 사연 하나
이젠 다시 볼 수가 없어요 당신을 떠나갑니다
설마 나를 두고 갈까 다신 못 만날까

내가 그렇게도 좋아 이 세상이 모두 네 꺼다 하더니
하고픈 말 아직도 많은데 언제나 전해줄까
바보같이 눈물이 뺨 위로 자꾸만 흘러내리네

이 노래를 들으며 가슴 아픈 상처들을 세월에 실어 저 멀리 떠나보내고 싶었다. 하지만 하염없이 눈물만 쏟아져 내렸다.
끔찍한 시간이 두 달쯤 되었다.
친구 사무실에 놀러갔더니 현주는 편안하게 앉아 경리 업무를 보고 있었다. 우리는 향기가 그윽한 커피를 마시며 그동안의 안부를 묻고 가슴 아픈 속마음을 털어 놓았다. 가만히 듣고 있던 현주는 열이 받쳐서 더 이상 못 듣겠다는 표정을 지으며 말했다.
"이제까지 그 남자 한 사람만 사귀어 봤니?"
"아니."
"그럼 왜 못 잊어?"
"오랫동안 마음속에 그려 왔던 이상형이었으니깐."
"아무리 그래도 그렇지! 잊어버려."
"그게 말처럼 쉽지 않아."
"안 되기는 왜 안 돼? 사람은 마음먹기에 달려 있어."
"그건 나도 알아."
"근데 왜 방황하는 거야?"
"마음이 괴로워."
"너 싫다고 간 남자가 뭐가 그렇게 좋니?"

"나도 아무리 잊으려고 노력해도 안 돼."

"다른 남자 만나면 되잖아."

"할 수만 있다면 나도 그렇게 하고 싶어."

"근데 왜 못하는 거야."

"다른 남자는 내 눈에 들어오지가 않아."

"너가 돌아오지도 않을 남자한테만 미련을 갖고 있으니깐 그렇지."

"너는 내 마음 이해 못할 거야."

"그럼 이젠 어떻게 할 건데?"

"나도 몰라."

"너가 답답하다. 그깟 남자 한 사람 때문에 이러냐? 이해할 수가 없어. 넌 자존심도 없니? 이 세상 남자가 그 사람뿐이야? 세상에 널린 게 남자잖아. 빨리 잊어버려. 바보같이 못난 모습으로 그렇게 살지 말고. 난 남자를 여러 명 만나 봤어. 얼마 사귀지 않다가 내가 다 찼지만 사람 잊는 것도 빨리 잊어. 그래야 정신건강에 좋거든."

현주의 말에는 힘이 있었다. 그리고 자신감이 넘쳐흘렀다.

나도 차라리 현주같이 그런 마음이었으면 얼마나 좋을까? 그러면 이런 고통을 받지 않겠지? 나는 왜 자신을 볶으며 미련스럽게 돌아오지 않는 사람에게 목매고 있는 걸까?

내 자신이 한심스러웠다. 그리고 자존심이 상했다.

'바보. 너가 내 속을 얼마나 안다고… 난 가슴 아픈 일들을 위로받고 싶어서 털어 놓았는데 기분만 더 더러워졌잖아.'

말할 수 없을 만큼 내 모습이 비참하고 초라했다.

어느 날 저녁이었다. 세수를 하고 거울을 보았는데 좁쌀만 한 것이 붉게 얼굴 여기저기에 퍼져 있었다. 원래 여드름이 조금씩 있었기 때문에 아무렇지 않게 신경도 쓰지 않고 있었다. 그런데 아침에 자고 일어나 보니 크고 작게 여드름처럼 번져 있었다. 또 하루가 지나자 가려우면서 빈틈없이 나더니 나중에는 입술만 빼고 바늘구멍 하나 들어갈 자리도 없이 얼굴 전체에 퍼지다 못해 부풀어 올라 썩은 것처럼 곪어 버렸다.

나는 심한 가려움증으로 인해 견디지도 못할 만큼 고통스러웠다. 그래서 급기야 이틀 만에 서둘러 소문난 피부과에 갔다.

의사는 진찰한 결과 확신 없는 표정으로 습진 종류라고 말했다. 그리고 얼굴에 바르는 연고와 먹는 약을 주었는데 효과는 전혀 없었다. 이때는 얼굴로 인해 잠깐 동안 모든 생각이 흐려졌다. 얼굴을 빨리 낫게 하야 되겠다는 간절함에 아무것도 마음속에 들어오지 않았다. 먹는 밥도, 잠도, 친구도, 부모도, 형제도, 기혁 씨도….

길을 가다 내 얼굴을 본 사람들은 원숭이 쳐다보듯 뚫어져라 쳐다보곤 했다. 어른이나 아이들이나 너나 할 것 없이 저런 피부는 처음 본다는 식으로 넋을 놓고 쳐다보았다. 얼마나 창피하던지…

그래서 난 H피부과로 가보게 되었다. 여러 지인들이 H피부과는 잘한다고 소문이 나서 연예인들도 많이 오고 유명하다고 해서 찾게 되었다.

의사는 나에게 심각한 표정으로 조심스럽게 말했다.

"이것은 병명도 없고 치료할 방법도 없으니 어깻죽지에 약을 발라 얼굴에 있는 열을 전기기계로 빨아들여야 합니다."

"치료할 방법이 없다니요? 그게 무슨 말씀이세요? 다른 병원에서는 얼굴에 바르는 연고와 먹는 약을 주던데요."

"이 피부는 뭔가를 바르게 되면 더 심해지니까 약을 바르면 안 됩니다."

"그럼 열로 빨아들이면 치료가 가능한가요?"

"그건 저희도 장담 못합니다."

"그럼 이것도 확실한 보장이 없네요."

"그래도 최선을 다해 노력해 봐야 되겠지요."

나는 얼마동안 치료를 해 보았다. 그런데 조금이라도 가려움증이나 상처가 흐려질 줄 알았는데 나아지기는커녕 증세가 똑같았다.

그래서 또다시 사람들 소문에 ○○약국이 약을 잘 짓는다고 하여 그쪽으로 발걸음을 옮겼다. 그러나 약을 몇 날을 먹어도 속만 쓰리고 얼굴은 오히려 더 심해져 버렸다.

이때 나는 죽어야 될까 살아야 될까 갈등을 했다. 눈앞이 캄캄했다. 하루하루를 인내하며 기다리지 못할 처지였다. 다른 데도 아니고 얼굴이라 참고 견디기가 어려웠다.

그런데 어느 날 주일아침 경찰서 전도모임에 갔었다. 나는 검붉게 부풀어 오른 얼굴로 나왔지만 너무 부끄러웠다.

이건 하나님을 믿는 자로서 영광을 가리우고 덕이 되지 못하는 모습이었다.

그런데 예배를 시작할 무렵 갑자기 내 마음속에 확실한 믿음이 생겨났다. 어차피 세상 약으로는 고칠 수 없으니 하나님께 다 맡기고 기도하면 낫는다는 이런 확신이 내 마음속에서 샘솟듯이 솟아났다. 그리고 염려와 근심이 사라지고 마음속에 깊은 평안으로 가득 찼다.

그런데 마침 전도모임에 함께한 두 분께서 내 모습이 안 되어 보였는지 함께 어느 기도원에 가보자고 조언하는 것이었다.

나는 그때 그 고마움이 감동되어 눈물이 울컥 쏟아졌다.

그리고 심적으로 든든한 동행자가 있어서 덜 창피하겠다는 생각이 들었다.

우리는 아침 전도예배를 마치고 기도원으로 갔다. 오후 예배가 끝나고 나서 한 줄로 서서 원장님의 안수기도가 있었다.

내 차례가 되었다. 원장님께서는 몇 초도 머뭇거림 없이 손으로 생수를 묻혀 내 얼굴을 스쳤다.

그날 나는 집으로 가지 않고 365일 철야예배를 하는 우리 교회로 가서 밤새도록 철야기도를 드렸다.

주일밤 철야를 하고 다음 날 아침에 거울을 보았다. 그런데 조금 표 나지 상처가 흐려져 있었다. 정말 하나님께 감사했다. 또 더 확실한 희망이 보였다. 그래서 일주일 동안 작정철야를 하면서 간절하게 하나님께 부르짖었다.

할렐루야!

3일째 되던 날 얼굴살이 보이기 시작했다. 그러더니 5일째에 거짓말처럼 피부가 매끈하게 깨끗이 나왔다. 내 얼굴이었지만 내 자신도 정말 믿을 수가 없었다. 신기할 따름이었다.

그토록 절망이었던 그 짧은 순간이 나에게는 천 년과 다름없었고 오직 살아계신 하나님만이 고칠 수 있는 피부질환이었다.

그래서 나는 성경말씀 중에 히브리서 4장 12절에 있는 말씀을 좋아한다.

"하나님의 말씀은 살아있고 활력이 있어 좌우에 날 선 어떤 검보다 예리하여 혼과 영과 및 관절과 골수를 찔러 쪼개기까지 하며 또 마음의 생각과 뜻을 판단하니…."

또한 빌립보서 4장 6~7절 말씀, "아무것도 염려하지 말고 다만 모든 일에 기도와 간구로 너희 구할 것을 감사함으로 하나님께 아뢰라. 그리하면 모든 지각에 뛰어난 하나님의 평강이 그리스도 예수 안에서 너희 마음과 생각을 지키시리라."

만약 내가 하나님을 안 믿었다면 어떻게 됐을까? 생각만 해도 끔찍했다. 이후로 나는 기혁 씨에 대한 미련도 하늘에 두고 이젠 원망을 하지 않았다. 그저 내 자신의 건강을 위해서 그를 잊으려고 발버둥쳤다.

그렇지만 웬일일까? 세월과 함께 잊혀질까 했는데 마음속에선 아무런 변화가 없었다. 그저 마냥 슬프고 보고 싶고 괴롭고 고통스러웠다.

그러던 어느 날 함께 전도를 하던 형제가 나에게 무슨 고민이 있냐고 물었다. 그래서 나의 괴로운 이야기를 털어놓았다. 그러자 내게 자기가 주었던 첫사랑 이야기를 해주었다.

"저는 고향이 전라북도 이리입니다. 저의 첫사랑은 한 마을에서 태어나 소꿉친구로 지내다가 이성적인 사랑으로 변해 갔지요. 우리는 어린 시절을 함께 보내면서 많은 추억을 만들고 싸움 한번 없이 다정하게 세월을 살아왔지요.

그런데 어느 날 그녀가 스무 살이 되었을 대 일본으로 이민을 가게 된다는 소식을 듣게 되었지요. 그 말을 들은 우리는 큰 충격을 받고 서로 부둥켜안고 울었답니다. 어떤 일이 있어도 5년 후에 다시 만나 결혼하자고 다짐을 했지요.

그리고 그 여인이 이민을 가는 날 마을에 택시를 불러놓고 우리는 마을 사람들이 보는 앞에서 서로 끌어안고 울다가 키스를 하면서 마지막 작별인사를 했지요."

나는 이 말을 듣고 난 후 생각했다.

'얼마나 사랑과 애정이 간절했기에 마을 사람들 앞에서 키스를 할 수 있을까?'

"그녀가 이민을 간 후 5년의 세월이 흘렀지요. 저는 그녀가 너무 보고 싶어 일본으로 찾아갔었어요. 그런데 그 여인이 결혼을 하여 남편과 나란히 두 아이와 다정하게 찍은 사진이 부모님 사시는 집에 걸려 있는 것을 보았어요. 그랬는데도 설마설마 믿어지지가 않아 그녀의 아버지께 물어보았지요. 사진에 있는 그대로 그녀는 결혼을 하여 두 아이를 낳은 엄마라고 하더군요. 저는 그 말을 듣는 순간 큰 충격을 받고 돌아왔지요. 그 후 배신감에 방황을 하고 마음의 상처와 질투심 때문에 술을 많이 마셔 위장에 구멍이 나버렸었답니다.

 그런데도 저는 술을 먹지 않고는 하루도 견딜 수 없고 살 수가 없어 차츰차츰 폐인이 되어 가다가 결국은 식물인간이 되어 방 안에서 5년 동안 누워만 있었어요.

 그래서 뼈만 남아 있었고 등은 살이 썩어갈 정도로 짓물렀어요."

 나는 이 말을 듣고 깜짝 놀라고 말았다.

 "그게 사실이세요?"

 "네, 그렇습니다."

 "아니 어떻게 한 마을 사람인데 이성적인 사랑이 생겨나요? 그건 드문 일인데."

 "우리는 누가 먼저라고 할 것 없이 서로 사랑하게 되었어요."

 "한 마을이면 그냥 우정뿐일 텐데 신기하네요."

 "아닙니다. 저희는 그렇지 않았습니다."

 "아니 얼마만큼 사랑하셨길래 5년 동안이나 누워 계셨어요?"

 "말로 다 할 수 없지요. 제 소원이 뭔지 아세요?"

 "글쎄요…."

 "첫사랑인 그녀를 한 번만이라도 다시 만나보는 게 제 소원이에요."

 "그렇군요. 그런데 건강은 어떻게 해서 회복되셨어요?"

 "어느 누군가의 도움으로 믿음을 갖게 되었답니다."

 "아, 그러셨군요."

 "저는 병석에서 일어나 그녀를 잊기 위해 3년 만에 결혼을 했지요.

그런데 예식장에 신부 손을 잡고 입장할 때도 저는 '이 여자가 아닌데, 내 여자가 아닌데…' 하고 생각했었죠. 이건 아닌데, 첫사랑이 아닌데, 이 여자가 아닌데…."

이 말을 들은 나는 또다시 감동을 하고 말았다. 얼마나 죽도록 사랑했길래 얼마나 괴롭고 힘들었길래 위장에 구멍이 나고 식물인간까지 될 정도로 술을 마셨을까? 상상할 수도 없는 일이었다.

난 여기에 비하면 아무것도 아니었지만 그래도 식물인간만 안 되었을 뿐이지 똑같은 아픔을 겪었다고 생각했다.

나 같은 얼굴 피부질환은 병명도 없고 내가 처음이라고 병원에서 말했기 때문이다. 그것도 얼굴 전체가 썩은 것처럼 검덜겋게 덮어 버린 상처는 나에게 죽음과 같은 절망이기도 했다.

이 말을 들은 후 우리는 하소연을 하듯 그리운 그와 그녀를 떠올리면서 내 아픔이 더 크고 그쪽 마음이 덜 괴로울 거다 하면서 잠시나마 서로 위로가 되었다.

그리고 현우 씨는 틈만 나면 늘 하는 말이 있었다.

"첫사랑은 죽을 때까지 마음속에서 잊혀지지 않습니다."

현우 씨는 그 여인이 자기의 이상형은 아니었다고 했다. 한 마을에서 태어난 소꿉친구였고 그러다 사춘기 때부터 연인 사이로 변하면서 사랑을 나누었다.

하지만 난 달랐다. 소녀시절부터 마음속에 그려 놓은 이상형이었기에 잊으려고 애를 쓰고 생각을 바꾸어도 안 되고 다른 사람을 사귀어 보려고 해도 눈에 들어오지가 않았다. 그래서 돌아오지도 않는 그에게 미련을 갖고 또 지나간 것에 연연하면서 기혁 씨를 그리워하는 시를 써보았다.

그대는 아는가…
나 혼자라는 마음만으로도
아프고 말할 수 없는 고통이라는 걸
나의 미묘한 감정들을 저버릴 수 없기에
꿈속에서라도
그대를 향한 내 사랑을 그려봅니다
당신을 향한 내 사랑은 꽃처럼 피었다
안개처럼 사라져 버리는 것이 아니라
나의 생명이라도 바칠 수 있는 사랑이기에
난 아직도 당신을 그리워합니다
사랑합니다

이런 생각을 하면서 나의 과거를 후회하기 시작했다. 목숨처럼 그를 사랑하지 못하고 집안환경들만 생각하고 갈등하다가 왜 내가 먼저 헤어지자고 하여 이런 아픔이 생겼을까 하고 말이다.

차는 이미 떠나 버렸다. 후회한들 무슨 소용이 있겠는가. 이대로 난 평생토록 그를 가슴에 묻고 살아가야 되지 않을까?

이렇게 못 잊고 살고 싶진 않지만 마음속에 자리 잡고 있는 그를 어떻게 할 수 없었다.

세월이 가면 갈수록 그가 미치도록 보고 싶어졌다. 일도 하기 싫었다. 전도활동도 귀찮아졌다. 또다시 깊은 방황이 시작되었다. 그래서 모든 것을 포기하고 수원에 살고 있는 친구를 찾아갔다. 미나를 보자 눈물부터 나왔다.

나의 모든 사정을 알고 있는 미나는 내게 아무것도 묻지 않았다. 서로 침묵에 잠겼다. 그러다가 내가 돌아버릴 것만 같다고 하니 화를 내며 말했다.

"대한민국에 남자가 그 한 사람뿐이냐? 잊어버려! 돌아오지도 않는 사람 미련 갖지 말고 다른 남자 사귀면 되잖아. 바보같이 왜 그렇게 사니! 그래 봤자 너만 손해야."

난 이렇게 말하는 친구가 서운했다. 자기 과거는 언제 그랬냐는 듯이 잊어버리고 어떻게 나한테 그렇게 말할 수 있을까? 미나는 첫사랑 애인과 5년 동안 사귀다가 어느 날 둘이 싸우게 되었다. 서로 자존심이 강해서 화해하지 않고 둘은 상대방이 먼저 다가오기만을 기다리다 지쳐 병이 나 있었다.

어느 날 난 미나의 자취방으로 놀러가게 되었다. 그런데 갈치나 마른 동태처럼 삐쩍 마른 데다 망상병이 난 상태에 있었다.

그리고 몸도 제대로 가누지 못한 채 담배를 피우고 있었다.

나는 그런 모습을 보고 깜짝 놀라 기절초풍을 할 뻔했다. 여자가 담배를 피우다니 그것도 나의 친한 친구가 어떻게 이럴 수가 있을까?

"너 지금 미쳤냐? 이게 뭐하는 짓이야! 담배는 언제부터 폈어? 왜 이렇게 됐는데! 말 좀 해봐!"

"나 명우 씨하고 헤어졌다. 지금 2개월쯤 됐는데 너무 보고 싶어서 나 죽을 것 같아. 밥도 거의 먹지 않고 지냈어. 지금 미쳐 버릴 것 같아. 그래서 너무 괴로워서 담배도 피우게 됐고 날마다 눈물로 하루하루를 보내고 있어…."

"그렇게 보고 싶으면 니가 먼저 전화하면 되잖아."

"아니, 자존심 상해. 그래서 그건 싫어. 이대로 그냥 죽었으면 죽었지. 먼저 전화하면 받아줘도 내가 먼저는 절대 안 해."

"이렇게까지 끙끙 앓고 마음고생 하면서 자존심이 밥 먹여 주냐? 너 그러지 말고 네가 먼저 전화해라."

"싫어!"

미나는 끝내 방 안에서 꼼짝도 않은 채 고집을 부렸다.

나는 그런 미나를 끌고 나가 공중전화 박스에서 명우 씨에게 전화를 걸어 주었다. 두 사람이 헤어진 지 2개월 만에 처음 통화하는 것이었다.

상대방이 어떻게 무슨 말을 했는지는 모르겠지만 미나는 아무 말도 하지 않은 채 수화기를 붙잡고 울고만 있었다.

이후 두 사람은 다시 사랑으로 뭉치게 되었고 예전보다 더 소중함을 느끼고 결혼까지 약속하게 되었다.

이런 사연이 있었던 애가 자기는 담배까지 피워 놓고 어떻게 나에게 그렇게 쉬운 말로 대한민국에 남자가 그 사람뿐이냐고 말할 수가 있단 말인가.

난 서운했다. 따듯한 위로를 받고 싶었다.

바보같이 왜 그렇게 사냐고 할 때 화가 났다. 그래도 나는 방황을 하면서도 술 한번 입에 대지 않고 담배도 피우지 않았다. 자기드 이런 고통과 아픔을 격어봐 놓고 딱 잘라서 돌아오지도 않는 사람 미련 갖지 말고 잊어버리라고 할 때 그 차가운 말투가 내겐 기혁 씨를 더욱 생각나게 만들었다. 나도 미나가 하는 말처럼 할 수만 있다면 얼마나 좋을까?

그렇지만 마음 뜻대로 되지 않는 걸 어떡하란 말인가. 그러고 보면 난 정말 바보였다. 똑같은 시간에 만나 헤어졌는데 왜 혼자만 못 잊고 방황하고 있을까? 아마 그는 다른 여인을 만나 히히덕거리며 사랑을 나누고 밥 잘 먹고 있겠지 하고 생각하니 내 자신에게 더 짜증이 나고 화가 났다.

난 왜 다른 남자가 눈에 들어오지가 않는 것일까?

기혁 씨의 잘생긴 외모 때문인 걸까? 아니견 미련 때문일까? 정에 못 잊어서? 어릴 적 마음속에 그려 놓은 이상형이어서?

난 돌아버릴 것간 같았다. 아니 정말 정신분열증세까지 와 있었다. 낯선 남자가 기혁 씨로 보이기도 했고 우울해서 아무 때나 눈물이 흘렀다.

그래서 내 자신의 삶과 몸을 생각해서라드 잊어야 되겠다고 다짐하며 '잊기로 했네'라는 노래를 좋아했다.

나 그대 알 수가 없네 나 그대 믿을 수 없네

나 그대 알 수가 없어 나 그대 잊기로 했네
좋았다가 싫어하니 나는 싫었다가 좋아하니 나는
그 마음을 어떻게 해서 믿나 나 이제는 단념할 거야

이건 그저 노래 가사일 뿐이었다. 마음과 생각은 끝없는 방황으로 이어져 갔다.

이제는 아예 아무것도 하기 싫었다. 밥을 먹는 것도, 씻는 것도….

그래서 또다시 언니네 집으로 돌아와 아무 삶의 낙도 없이 고민에만 빠져 하루살이처럼 하루를 죽을 만큼 힘들게 살고 있었다. 형부와 언니 눈치도 보이고 마음도 편치 않았다. 그래도 혹시나 그가 때가 되면 돌아오겠지 하는 마음에 난 전화만 기다리고 있었다. 우리가 처음 사랑을 나눌 때 그가 언니네 집으로 전화를 많이 했었다. 그래서 '나를 찾기 위해 전화를 하겠지'라는 마음에 미련과 희망을 가지고 있었다.

어느 날 오후 4시쯤 따르릉 따르릉 전화벨이 울렸다. 나는 기혁 씨 전화라는 착각 속에 빠져 있었다. 끓는 물에 살을 데이는 것처럼 온몸이 진동했고 심장은 놀라 쿵덕쿵덕 요동을 쳤다.

미친 듯이 다급하게 걸어가 전화를 받았다. 그러나 그가 아니었다. 그 순간 나는 한 달 동안 밥을 굶은 사람처럼, 그야말로 소금에 절여 놓은 배추 같은 사람이 되어 버렸다. 우울했다. 눈물이 쏟아졌다. 내가 왜 이래? 언제까지 미련을 가지고 살아야 돼? 차라리 처음부터 만나지 않았더라면 얼마나 좋았을까? 그랬으건 내가 이렇게까지 힘들게 살진 않았을 텐데.

나는 이때 아무터도 쓸모없는 사람이었다. 그야말로 허수아비보다 더 못한 사람이었다. 성격은 개떡 같지만 정에 약하고 눈물이 많았다. 마음도 독하지가 못했다.

바보처럼 돌아오지 않는 그가 나의 곁으로 돌아오기만 기다리고 있는 하루살이보다 못한 나의 일일인생, 앞으로 어떻게 살아야 할까? 미래가 깊은 밤 숲속처럼 캄캄했다. 나처럼 마음 약한 사람이 먹는 독해지는 약이 있다면 얼마나 좋을까?

가슴속 깊이 자리 잡고 있는 그를 녹여 버릴 수만 있다면 세상 살 맛 나겠지?

내 전화도 아닌데 벨이 울릴 때마다 가슴은 천둥이 치고 몸은 부들부들 떨리는 내 자신이 정말 싫었다. 그러나 그가 나를 찾아오리라는 희망은 바닷물처럼 커져만 갔다.

잠꼬대

어느새 그와 헤어진 지 몇 달째가 되었다. 나는 또다시 미나에게 찾아갔다. 미나 곁에 머물면서 새로운 삶의 안정을 찾고 싶었다.

그래서 그냥 잠만 잘 수 있는 곳이 필요했다. 그리고 어두웠던 마음의 교통정리를 좀 하고 싶었다. 아침이면 미나는 활기차게 출근준비를 하느라 바쁘게 움직였다.

나는 아무 낙 없이 쥐 죽은 듯 가만히 방안에 누워만 있었다.

아침 점심도 굶고 겨우 한 끼 정도만 먹었다. 그것도 입에 모래알을 넣고 씹는 것처럼, 마치 죽지 못해 사는 것처럼 말이다.

미나는 이런 나의 모습을 보고 한심하고 짜증이 났는지 일주일이 지나자 투덜대기 시작했다.

"너 차라리 일을 해라. 시간이 많다 보니깐 그 남자 생각이 더 나잖아. 너 지금 폐인이 다 되어 가고 있어. 당장 내일 나 따라서 우리 회사에 가자."

나는 가기 싫었다. 살 의욕도 없는데 어떻게 일을 한단 말인가. 하루종일 방안에 누워 그리운 생각만 떠올렸다.

한번은 견디다 못해 목소리라도 듣고 싶어 그에게 전화를 걸었다. 신호가 두 번쯤 울리자 그는 누군가의 급한 전화를 기다리는 것처럼 재빠르게 받았다. 그는 힘 있는 목소리로 "여보세요?" 했다.

내가 아무 말을 하지 않자 "여보세요?"를 한 번 더 반복했다. 나는 그냥 조용히 수화기를 내려놓았다. 그는 딴 여자가 생긴 것처럼 목소리가 편안하고 쾌활하며 즐거움이 넘치는 느낌이었다.

그래서 나는 화가 나고 보이지 않는 질투심이 끓어올랐다. 어떤 사람을 만났을까? 어디에서 어떻게 얼마나 착하고 예쁜 여인을 만났을까? 그는 쉽게 간 여자가 마음속에 들어왔을까? 아니면 나를 잊기 위해 아무 여자나 만나 사랑을 나누는 건 아닐까?

그로 인한 생각이 또다시 나의 애간장을 태웠다. 차라리 그냥 목소리를 듣지 않았더라면 더 큰 고통이 되지 않았을 텐데 하고 후회가 되었다.

여기에 와 있는 목적은 모든 것을 잊고 새로운 삶을 찾아 마음의 정리를 하려는 건데 어떻게 된 게 목소리 한번 듣자 더 절망적인 인생이 되어 버렸다.

급속도로 갑자기 다 죽어가는 사람처럼….

그러던 어느 날이었다. 미나는 퇴근을 한 후 나에게 사정을 하듯 말했다.

"우리 회사에 늘씬하고 예쁘장한 연아엄마라고 있는데 오늘밤에 제사가 있다고 나한테 놀러오라고 그랬거든. 너도 같이 가자."

"아니, 너 혼자 갔다 와. 난 그 사람 알지도 못하는데 쓸데없이 내가 왜 가나?"

"내가 그래서 미리 말했어. 친구가 집에 와 있는데 같이 가도 되냐고. 그랬더니 더 좋아라 하면서 너랑 같이 오라고 했어. 그러니깐 고집 부리지 말고 같이 가자. 너 하루 종일 방안에만 있었잖아. 답답하지도 않니? 바람도 쐴 겸 우리 같이 나가자."

"나 꼼짝도 하기 싫어. 기운도 없고 사람 부딪치는 것도 싫고 그냥 가만히 있어도 짜증만 나니깐 귀찮게 하지 마."

"너 언제까지 이렇게 살 거니?"

"나도 몰라. 시간이 해결해 주겠지."

"너는 시간이 가면 갈수록 더 심각해지잖아. 그러니깐 문제지."

"나도 그건 알고 있어."

"너가 알고 있으니깐 다행이다. 그러니까 알면 정신 바짝 차리고 나 따라가자. 맛있는 거 많이 해놓는다고 먹으러 오라고 했거든."

"너 혼자 가서 실컷 먹고 와. 나는 이대로 안 먹고 죽을 테니까."

"서연아! 너 진짜 이렇게 답답하게 살래? 자꾸 이러면 나 앞으로 너 얼굴 안 본다."

"맘대로 해라. 여기에서 쫓아내면 나는 시골로 내려갈 테니깐."

"제발 우리 같이 밖에 좀 나가자. 너도 데리고 오라고 그랬단 말야."

"내 몸이 말을 듣지 않는 걸 나보고 어떡하라고."

"그러니까 네 마음이 문제야. 지금부터라도 생각을 바꿔. 너 안 가면 나도 안 간다."

"맘대로 해라."

"너 진짜 계속 그럴래?"

"내가 뭐."

"언제까지 이렇게 폐인처럼 살 거야?"

"나도 몰라. 그냥 물 흐르는 대로 살고 있어."

"제발 고집부리지 말고 밖에 좀 나가자."

"내가 귀찮다고 했지."

"딱 오늘만 나 따라가자. 응? 부탁할게."

나는 미나의 고집을 꺾을 수가 없어 심통이 난 모습으로 따라 나갔다. 멋도 부리지 않고 화장도 하지 않은 채 지렁이처럼 늘어진 모습으로 연아엄마라는 분의 집으로 갔다.

그런데 어느 한 낯선 남자가 방에 앉아 있었다. 제삿날이라고 했지만 집안은 조용했다. 남자는 수유리에서 살고 있었는데 사촌 형수님 댁에 제삿날이라 찾아온 사람이었다. 그래서 연아엄마는 미나를 살짝 이 남자에게 선보여 주려고 오라고 했던 것이었는데 마침 친구도 집에 있다고 하니 더 좋아하며 나도 데리고 오라고 했던 것이었다.

이건 제삿날이면서도 소개팅이었다.

물론 미나는 아무것도 모르고 있었다. 연아엄마가 말을 안 했으니까. 점잖게 보이는 남자의 모습이 눈에 들어왔다.

나는 모르는 낯선 집이라 불편하고 마음속엔 기혁 씨 생각뿐이어서 잠깐 앉아 있다가 일어났다. 그런데 남자는 서운한 표정으로 더 놀다가라고 말했다.

원래는 연아엄마가 미나를 소개시켜 주려고 했었는데 남자는 나에게 호감을 느꼈던 모양이었다.

연아엄마는 환한 미소로 나에게 사정하듯 살살 꼬셨다.

한참을 떠들어도 나는 들은 척도 안 했고 어떤 말이든 귀에 들어오지가 않았다. 그런데 그는 다급했는지 내일 시간 좀 내달라며 애원하듯 말했다. 나는 남자 뜻보다도 그의 형수님 사정에 마음이 약해져 그 뜻을 받아 주었다.

그래서 다음 날 우리는 만나게 되었다. 그는 내 속도 모르고 뭐가 좋은지 싱글벙글이었다. 나는 그 자리에 앉아 있으면서도 오직 기혁 씨 생각만 하고 있었다.

그는 나에게 궁금한 것들을 물어봤다.

나는 한참 후에야 "네? 지금 뭐라고 하셨죠?" 하며 반복해서 다시 물어보곤 했다.

이러면 안 되는 줄 알면서도 나의 이상형이 아니어서 마음에 와 닿지가 않았다. 기혁 씨와 똑같이 닮았다면 얼마나 좋았을까? 그러면 금방 잊어버릴 수 있을 텐데 하고 말이다.

그와 시간을 보내며 앉아있는 것도 따분했다. 가슴속은 저 멀리 콩밭에 가 있었다.

그래서 정신을 바짝 차리고 그에게 궁금한 것을 물어보았다.

"성함이 어떻게 되세요?"

"박종훈입니다."

"하시는 일은요?"

"자영업합니다."

"몇 년생이세요?"

"63년생인데 호적에는 한 살이 내려져 있어요."

"63년생이요?"

난 깜짝 놀라며 중얼거렸다. 어떻게 나이도 기혁 씨와 같지? 이왕이면 얼굴도 똑같이 닮아서 나타나지. 그랬으면 얼마나 좋을까?

"고향은 어디세요?"

"충북 청주입니다."

"저는 아래쪽이에요. 왜 애인이 없으셨어요?"

"눈이 높아서요."

"그러시면서 겨우 고른 여자가 저 같은 여자예요? 저를 선택한 걸로 봐서는 상당히 눈이 낮은 사람같이 보이시는데. 웃기시네요. 차라리 저보다 제 친구가 더 낫지 않았나요?"

"예. 제 눈엔 그쪽이 더 호감이 갔으니까요. 첫눈에 들어왔거든요."

"참 별일이네요."

이런 걸 보고 인연이라고 할까? 화장도 하지 않고 축 처진 모습으로 만났는데 호감이라니… 아무래도 뭔가가 씌인 듯한 느낌이었다.

"가족관계는요?"

"사형제 중 셋째입니다."

장남이 아니었기 때문에 나에겐 반가운 소리였다. 그는 나에게 첫눈에 반했다고 말했다. 이게 인연인지 내가 모든 게 다 좋아보였고

슬픈 그녀의 행복 149

약간 긴 듯한 단발머리와 얼굴형이 좋아하는 스타일이라고 말했다.

우리는 잠깐 동안 시간을 보냈다. 종훈 씨는 자꾸만 사는 집 근처까지 바래다준다며 나를 따라왔다. 나는 혼자 조용히 걷고 싶다고 말했지만 그는 막무가내로 따라와 커다란 사과를 잔뜩 사가지고 내 손에 쥐어 주었다.

하루가 지났다. 종훈 씨에게 연락이 왔다.

"여보세요?"

"안녕하세요. 목소리라도 듣고 싶어서 전화했어요."

난 머뭇거리다가 입을 열었다.

"이젠 전화하지 마세요."

"내일모레쯤 제가 수원으로 갈게요."

"아니요, 오지 마세요. 저는 만나고 싶지 않아요. 전화 끊을게요."

간단하게 말하고는 수화기를 내려놓았다. 나를 귀찮게 하는 것이 싫어 투덜거리자 미나는 이런 내가 부럽다고 말했다.

"너는 남자복도 많다. 사과도 한 보따리나 사주고 만난 지 얼마나 됐다고 또 하루 사이에 연락도 오고. 그 남자가 너 굉장히 마음에 들었나 보다. 누구는 좋겠다~" 하며 새침데기처럼 말했다.

"부러우면 너가 만나면 되잖아."

"내가 미쳤냐? 명우 씨가 있는데."

"오랫동안 사귀었잖아. 싫증 안 나냐?"

"싫증이 왜 나?"

"명우 씨 배신하고 니가 만나."

"너나 잘해 봐."

"그래도 너 은근히 질투나지?"

"얘는 쓸데없는 소리 하고 있어. 너나 기혁 씨 잊어버리고 이 남자한테 마음 붙여 봐!"

"정이 안 가."

"자꾸 만나다 보면 정이 가겠지."

"글쎄… 그것도 힘들걸."

"그래도 이 남자한테 마음 돌려 봐. 알았지?"

"몰라."

그는 그가 말한 대로 찾아왔다. 수유리에서 수원까지 가까운 거리도 아니어서 힘들었을 텐데. 그래도 나는 냉정하게 만나주지 않았다.

그런데도 그는 내가 좋아하든 싫어하든 과일을 사다 친구에게 전해주고 힘없이 발걸음을 돌렸다.

오는 거리 가는 거리를 생각하면 아주 먼 곳인데 그냥 돌아간 발걸음이 얼마나 힘들었을까.

그의 정성은 대단했다.

이틀에 한 번 정도 전화를 했고 일주일에 한 번씩 찾아와 믹든 사다주고 가곤 했다. 이렇게 정성을 들인 지도 한 달이 넘어가고 겨울이 찾아왔다.

그가 집으로 찾아왔다.

"안녕하세요."

"여기로 오시면 어떻게 해요."

"안 만나 주니까 제가 찾아올 수밖에 없지요. 우리 밖에 나가서 차 한잔 해요."

"저 지금 감기 걸려서 밖에 나가기 싫은데요."

"잠깐 30분만이라도 안 될까요?"

"네. 다음에 봬요."

"그럼 제가 감기약 사다 드릴 테니까 약 먹고 푹 쉬세요."

"아니요. 사오지 마세요. 지금까지 과일 사다 친구 손에 보내준 것도 부담스러웠었거든요."

"부담스럽긴요. 제가 좋아서 하는 건데."

"그래도 저는 싫거든요. 그러니까 앞으로 그런 거 사서 보내지 마세요."

"그럼 오늘은 약만 사다 줄게요."

"저는 그것도 부담되고 싫은데요."

하지만 종훈 씨는 밖으로 나간 지 몇 분도 안 되어 감기약을 사왔다.

"약 먹고 빨리 나으세요. 그럼 다음에 봬요."

나는 그가 더 잘해 주면 잘해 줄수록 기혁 씨가 생각나고 그가 싫어졌다.

너무 적극적으로 다가오는 것이 귀찮고 짜증이 났다. 고무줄처럼 늘였다 당겼다 하면 내가 다가갈 수도 있었을 텐데 그는 나에게 그런 틈을 주지 않았다.

그냥 무조건 상대방의 기분은 생각하지 않고 의무적이고 적극적이었다.

그는 자존심도 없는지 나에 대한 애정표현이 끈질겼다. 지칠만도 할 텐데 포기하지 않고 자기 주장대로만 밀고 나갔다.

3개월이 지났다. 그런데 갑자기 그가 돌변했다. 이틀이 지나고 일주일이 되어도 전화 한 통 하지 않고 찾아오지도 않았다.

그가 살았는지 죽었는지 궁금해졌다. 이틀에 한 번꼴로 전화하고 일주일에 한 번 정도는 찾아왔던 그가 연락이 끊기자 걱정이 되었다.

나에게 끈질기게 다가올 때는 귀찮고 짜증이 났는데 무언가 있던 것이 없어지니까 가슴 한켠이 허전했다.

그동안 나도 알게 모르게 조금이라도 마음속에 위안을 얻고 살았는지 막상 갑자기 아무 소식이 없고 무관심해지자 마음이 덜컥 내려앉았다.

내 곁으로 다가오면 도망가고 싶고 멀리 가면 붙잡고 싶어지는 변덕스러운 심보가 무슨 마음인지 나 자신도 알 수가 없었다. 기혁 씨를 못 잊고 가슴속에 품고 있으면서도 그가 나의 마음 한켠에 들어올 자리가 있었는지는 나도 몰랐다.

그런데 이상한 일이었다. 종훈 씨에게 연락이 오지 않자 나는 어딘가 모르게 서글펐다.

'도대체 무슨 일일까? 내가 갑자기 싫어졌을까? 아니야, 그럴 리가 없어. 아니면 교통사고?'

자질구레한 생각들이 떠오르고 마음은 견딜 수 없을 만큼 불길했다. 그리고 나의 행동이 잔인하고 냉정했다는 것도 이때서야 깨닫게 되었다. 그래서 그동안 그에게 전화 한번 하지 않던 내가 전화를 걸었다.

그는 내 목소리를 바로 알아봤다. 그리고 태평하게 아무 반가운 내색 없이 차분하게 말했다.

"웬일로 전화했어요?"

"그냥이요. 갑자기 연락이 없어서 죽었는지 살았는지 궁금해졌거든요."

"그동안 잘 지내셨지요?"

"아니요."

"왜 잘 못 지내요? 제가 귀찮게 안 해서 마음이 편했을 텐데."

"짜증나고 미운 사람이 갑자기 없어지니까 그래도 많이 허전하던데요."

"그럼 앞으로 저를 만나주겠네요?"

나는 아무 대답도 하지 않았다. 그리고 잠깐 생각에 빠져 있었다. 내 곁에 있으면 귀찮고 없으면 허전하고 이걸 어떻게 해야 되나 하고 머뭇거리고 있었는데 그가 다급히 말했다.

"돌아오는 일요일에 서로가 중간쯤 되는 곳에서 우리 한번 만나지요."

그는 망설임 없이 말했다.

나는 그만 나도 모르게 "네" 하고 말았다.

이런 만남이라도 없으면 아예 폐인이 될 것 같았다.

난 이 사람을 놓치기는 싫었다. 그런데 막상 약속을 하고 나니 앞날이 심란했다.

우선 내가 마음의 문을 열지 않았기 때문에 누군가가 나의 가슴 한 켠에 들어올 자리가 없었다. 비록 종훈 씨를 만나기로 약속은 했지만 하나의 의무적이고 형식적인 대답에 불과했다.

이렇게 우린 이더부터 만나기 시작했다.

구정이 다가왔다. 그는 부모님이 계시는 고향에 함께 가자고 하여 나는 결정을 내리고 따라갔다.

'나는 기혁 씨와 결혼을 해야 되는데, 양쪽 부모님들 상견례까지 다 했는데, 가야 할 길이 여기가 아닌데….'

눈물이 흘러내렸다.

'내가 가야 할 길은 여기가 아닌데 여기를 왜 따라온 거야.'

현실이 믿어지지가 않아 꿈이기를 바랬다.

낯선 집에 도착했다. 시간은 밤 8시쯤이었다.

구정이라 가족들이 다 모여 있었다. 이때도 난 수심이 가득 찬 모습으로 이곳에 왔었다. 부모님들은 내 손을 잡아주며 반가워하셨다. 새로운 환경이 낯설고 몸이 피곤해 방에 누워 있고 싶었는데 그럴 처지가 못 되었다. 그래서 간신히 참아가며 앉아 있었다.

가족들은 오랜만에 만나 반갑다며 술잔을 주고받으며 많은 대화를 나누었다. 그러다가 갑자기 뜬금없는 말이 나왔다. 큰 맏이형님이란 분이 나를 보고 ○○○ 씨에 대해서 어떻게 생각하냐며 질문을 던졌다.

나는 이때 기가 막혔다. 나와는 아무 상관없는 사람 얘기가 왜 나오는지 알 수가 없었다. 그래서 그분들의 말에 아무 대답 없이 쳐다만 보다가 마음속으로 중얼거렸다.

'내가 전라도 여자라 못마땅하다 이거지? 나도 여기 오고 싶은 생각 하나도 없었거든요. 그런데 어쩌다가 이렇게 오게 되었네요. 인연이 여기가 아닌데 지금이라도 당장 뛰쳐나가 버리고 싶네요. 차라리 그렇게 누구를 비판하지 말고 전라도 사람이 싫다고 말을 해서 나를 쫓아 보내세요.'

그런데 어떻게 된 일인지 술이 더 들어가면 갈수록 이제는 OB와 해태의 야구경기 이야기를 꺼내더니 해태에게 비난을 바가지로 퍼붓고 OB편은 꼭 이겨야 된다고 하면서 흥분 상태에 빠져 목소리까지 커지고 있었다.

나는 이때 화가 나 다른 방으로 들어가 버렸다. 그리고 기혁 씨를 생각했다.

이곳은 내가 처음으로 온 날인데 이건 분명 예의에 어긋난 행동들이었다.

내 가슴속의 그를 더 생각나게 만들었다. 기혁 씨는 내 인생에 무엇이길래 그토록 내 앞길을 가로막고 있을까? 나를 피 마르게 하고 뼛속까지 저리게 하는데 이 아픔을 무엇으로 치료해야 될까? 사랑은 사랑으로 치료해야 한다는데 나를 사랑해 주기는커녕 전라도 여자라고 못마땅하게 여기고 있으니 결혼을 해도 행복하지 못할 거라는 생각이 들었다.

그리고 부모님들을 제해 놓고 가족 모두가 미움덩어리로 변해 버렸다.

나를 괴로운 늪에 더 빠지게 한 사람들, 잊어야 할 사람을 더 생각나게 만들었다.

이튿날 곧바로 으리는 서울에 올라왔다. 집에서 있었던 모든 것을 다 참고 있다가 그에게 조목조목 따져들기 시작했다.

"전라도 사람들을 싫어하면서 왜 저를 만나 결혼까지 하려고 그러세요?"

"저는 싫어하지 않는데요."

"큰형님이란 분은 그게 무슨 행동이세요? 어떻게 내 앞에서 그렇게 전라도 사람들을 흉볼 수가 있어요? 내가 마음에 안 든 것 같은데 우리 결혼하지 말까요?"

그는 다 된 밥에 재 뿌린 것처럼 놀라했다.

"그게 무슨 말이에요. 저희 집에서는 결혼까지 생각하고 있는 걸로 알고 있는데 만나지 말자니요."

"그러니까 왜 같이 말을 들어주고 있어요."

"저도 민망해서 어떻게 할 줄을 모르고 있었어요."

"그럼 종훈 씨가 다른 말로 돌려야지 왜 가만히 듣고 있어요?"

"미안해요. 저도 당황해서…."

"나도 한마디 하고 싶었는데 참았거든요."

그는 나를 빤히 쳐다보고 있었다. 그리고 미안한 생각이 들었는지

어찌할 바를 모르고 있었다. 난 홧김에 퍼부어 댔지만 그가 안쓰러운 생각이 들었다.

얼마 후 양쪽 부모님 상견례가 있었다.

우리 집에서는 기혁 씨와 헤어져 안되어 보였는지 이번에는 결혼식을 미루지 않고 날짜를 정했다. 그런데 그 다음이 문제가 되었다.

종훈 씨 쪽에서는 그쪽에서 식을 올렸으면 하고 우리는 서울에서 하자고 서로 끌어당기다 그만 감정싸움으로 이어졌다. 그는 중간에서 이편도 못 들고 저편도 못 들고 고민에만 빠져 있었다.

이 문제를 가지고 해결을 보지 못해 우리는 청주에 다시 내려가게 되었다. 부모님은 한결같이 자상한 모습으로 나를 반겨주셨다.

하지만 형님네는 핏줄이 불끈불끈 솟아오르고 살갗이 곤두서 있었다.

부모님은 큰형님네가 하시는 대로 지켜만 보고 계셨다.

방안은 가족들이 모두 둘러앉아 있었지만 서로가 말이 없었다.

한참 후에 그가 결혼식을 서울에서 하자고 말을 꺼냈다.

이때 큰형님이란 분이 하시는 말씀이 "그 잡것들이 참 이상한 사람들이네. 우리는 절대 그렇게 못하니깐 마음대로 하라고 그래!" 하고 윽박을 지르셨다.

이때도 내가 옆에 있었다.

아무리 화가 난다 할지라도 나 없는 데서 잡것들이란 말을 하지 왜 내가 듣는 데서 교양 없는 행동을 하실까? 기분이 나빴다. 난 자리에서 벌떡 일어나 밖으로 뛰쳐나갔다. 어디 갈 곳도 없는데 눈물은 그칠 줄도 모르고 흘러내렸다.

그냥 서울로 올라가 버릴까? 하고 생각도 했지만 가방을 가지고 나오지 않아 그럴 수도 없었다. 주머니에 손을 넣어 보니 3,000원이 있었다. 이 돈이면 다방에는 들어갈 수 있을 것 같아 마음이 놓였다.

나는 거리를 아무데나 걸어 다니다가 다방마다 분위기를 살피며 좋은 장소를 찾았다. 원래 포근한 분위기를 좋아했던 난 그런 다방을 찾아 들어갔다. 기분 나쁜 마음으로 다방에 앉아 있으면서 가방만 들고 나왔으면 얼마나 좋았을까? 하고 생각했다. 혼자 그냥 서울에 올라가 버리고 싶었다. 그리고 머릿속엔 '그 잡것들'이란 말이 맴돌고 기혁 씨가 그리워 눈물이 비 내리듯 흘러내렸다.

많이 울다 보니 머리골이 아프기 시작했다. 기혁 씨가 너무 보고 싶어졌다. 이 결혼을 해야 되나 말아야 되나 갈등이 되었다. 당장 서울에 올라가 버리고 싶었다.

나는 화가 풀릴 때까지 집에 들어가지 않았다. 비록 혼자 초라하게 앉아 있었지만 지루하지도 않았다. 심적으로 편안하고 내 집처럼 좋았다.

그래서 이런저런 생각과 기혁 씨와의 추억도 떠올리면서 울었다 그쳤다를 수없이 했다. 한 시간이 지나고 두 시간이 되어도 집에 들어가고 싶은 생각이 없었다. 시간이 지나갈수록 더 깊은 생각에 잠겼다.

우리 가족들에게 그 잡것들이란 언어가 큰형님 입에서 어떻게 쉽게 나올 수가 있을까?

아무리 화가 난다 할지라도 이해할 수가 없었다. 내가 말 못하는 식물들처럼 감정 없는 바보도 아닌데 나 있는 데서 그렇게 행동하신 것만 생각하면 기가 막혀서 결혼을 포기해 버리고 싶었다. 어차피 난 가슴 한켠에서 누군가를 못 잊고 괴로워하고 있기 때문에 어느 한 사람을 불쌍하게 만들고 싶지 않았다.

어느덧 세 시간이 다 되었다. 다방에서 일하시는 분들도 나를 힐끔힐끔 쳐다보았다. 그래도 난 화가 풀릴 때까지 시간을 보내고 싶었다.

세 시간을 꽉 채우고 집에 느긋하게 걸어가고 있는데 그와 조카를 만났다.

"어디 갔다 와? 집에서 걱정 많이 하셔. 밖에 나가서 길 잃은 줄 알고."

"내가 세 살 먹은 어린애야? 그리고 아무리 화가 난다 할지라도 그 잡것들이? 그게 뭐야."

"미안해."

부모님은 나에게 "어디 갔다 이제 왔냐"며 손을 잡아주며 다정다감하게 말씀하셨다. 난 "죄송해요" 말 한마디만 하고 방에 들어갔는데 그의 큰형수님이 "어디 갔다 이제 왔냐"고 물었다. 나는 "밖에 나가 울다 보니까 이렇게 됐네요" 하고 사이다처럼 톡 쏘는 말투로 내뱉었다.

그런데 내가 자리에 없는 동안에 결정이 확실하게 나 있었다.

청주에서 결혼식을 하지 않으면 그냥 살든지 말든지 신경쓰지 않겠다고 형님과 형수님이 그랬다고 말했다. 그래서 우리 쪽에서는 그동안 일어났던 일들을 다 듣고 나서 그쪽으로 따라주기로 결정을 내렸다.

결혼식을 마치고 제주도로 신혼여행을 떠났다.

어느 날 난 언니에게 충격적인 말을 듣게 되었다.

"너, 정신 좀 차려라!"

"왜?"

"너가 잠자다 말고 기혁 씨 이름을 불렀다고 그러더라."

"난 전혀 생각이 안 나는데. 종훈 씨가 그래?"

"나한테 물어보길래 누군지 모른다고 했어. 너가 한 번도 아니고 밤마다 애원하듯이 부른다고 하던데 정신 좀 차려라."

"내가 잠꼬대해서 그랬단 말이야? 이 일을 어떻게 해?"

"뭘 어떻게 하냐. 어쩔 수 없는 일이지."

"의처증이 생기면 사람 피곤할 텐데. 앞으로 어떻게 살아. 생각만 해도 끔찍하네."

"그러니깐 네 잘못이지. 떠난 사람은 잊어버리고 앞만 바라보고 살아야지."

"나도 노력 많이 했어. 그런데 기혁 씨가 생각나게 환경이 그렇게 만들잖아."

"계속 생각하건 뭐하냐? 너만 괴롭지."

"나도 알아. 종훈 씨가 와서 또 물어보면 절대 모른다고 그래."

"그걸 말이라고 하냐? 당연하지."

내 가슴속에 담아놓고 말 한번 하지 않았는데 잠을 자다 잠꼬대에서 그만 기혁 씨 이름을 불러 버리고 말았다.

나는 그 소리를 남편이 들었다는 것을 그동안 전혀 모르고 있었다. 그런데 남편은 나에게 아무런 내색 한번 안 하고 언니에게 기혁 씨란 사람이 누구냐고 물어본 것이었다.

이 사실을 알고 난 후 책 속에 꽂아 두었던 기혁 씨의 사진을 없애려고 책장을 넘겨 보았다. 그런데 아무리 찾으려고 해도 보이지가 않았다.

"내놔."

"뭘?"

"책 속에 있던 사진."

"무슨 사진? 나는 몰라."

"그렇게 끝까지 거짓말 할 거야?"

"어떤 사진인지 말을 해야 알지."

"알면서 왜 그래?"

"내가 뭘 알아."

"내가 잠꼬대에서 불렀던 남자이름 말이야. 왜 나한테 안 물어보고 언니에게 물어봤어?"

"그냥."

"이유가 뭔데?"

"그냥 더 자세히 알고 싶어서."

"그래서 언니- 속 시원하게 가르쳐 주기라도 했어?"

"그 남자는 누구야?"

"어떤 남자?"

"잠꼬대에서 불렀던 남자. 책 속에 있던 그 사진이 잠꼬대에서 불렀던 남자야."

"아니야."

"그런데 왜 그렇게 사진을 애타게 찾는 건데?"

"그냥. 그러니깐 빨리 내놔."

"없어."

"어떻게 했는데?"

"찢어 버렸어.'

"그럼 가방 속에 있던 편지들은 다 어디에다 뒀어?"

"그것도 다 찢어 버렸어."

"언제쯤?"

"며칠 됐어."

"거기에 있는 것들은 도둑이 찾으려고 해도 못 찾을 텐데 어떻게 알았어?"

"우연히 보게 됐어."

"거짓말 하지 마. 우연이라고? 일부러 뭔가 비밀스러운 걸 찾으려고 구석구석 다 뒤졌잖아!"

남편은 아무 말이 없었다. 어떻게 생각하면 당연히 없어져야 할 것이 없어졌는데 꼭 뭔가를 다 잃어버린 것처럼 허전했다.

남편이 찢어 버린 편지는 내가 늑막염이 걸려서 시골에 내려가다가 기차 안에서 만났던 박범수라는 동생이 써준 편지였다. 학생들은 고2라 수학여행을 갔다 오는 길이었다. 내 좌석이 5호차여서 그 칸에 들어갔는데 고등학교 남학생들로 가득 차 있었다.

분명 5호차가 맞는데 이건 뭔가 잘못되었다 싶어서 다른 칸으로 가려 하는데 학생들이 나를 막아 버렸다. 이때 한 학생이 나를 자기 자리에 앉게 하고 꼼짝을 못하게 했다.

할 수 없이 자리에 앉아 있었지만 가시방석에 앉아 있는 것처럼 불편했다.

그래서 계속 빠져나가려고 했지만 학생들 고집을 어떻게 할 방법이 없었다.

이때 마음을 푹 놓고 앉아 있었는데 자기 자리에 앉게 했던 학생이 말을 시켰다.

"제 이름은 박범수예요. 누나, 몇 살이세요?"

나는 말을 하지 않았다. 그러자 또다시 내게 물었다.

"누나, 고향이 어디세요?"

난 살짝 미소 짓는 얼굴로 "글쎄"라는 말 한마디만 하고 아무 말도 하지 않았다.

모든 학생들이 나에게만 집중하고 있어서 말하기도 쑥스러웠다. 어떻게 해야 당장 이 자리에서 빠져나갈 수 있을까 하는 생각만 하고 있었다.

그런데 범수는 자꾸만 말을 시켰다.

"저기, 누나로 삼고 싶은데 저 동생 해주시면 안 되나요? 제가 태어난 곳은 서울인데 정읍 이모 댁에서 살고 있어요. 형도 없고 동생도 없고 누나도 없고 제가 혼자라서 외로워 그러는데 저를 동생으로 삼아 주시면 안 되나요? 누나, 부탁이에요. 주소 좀 알려 주세요. 제가 편지할게요."

범수는 정말 애원하듯 말했다. 나 역시도 몸이 아파 시골이 내려가는 중이어서 그렇게까지는 싫지가 않았다. 그래서 주소를 가르쳐 주었다.

며칠 만에 곧바로 반가운 편지가 도착했다. 글씨가 얼마나 매력적이고 예쁘던지 편지도 잘 쓰고 외모도 성숙했고, 눈도 크고, 코도 높고, 키도 또래 친구들보다 훨씬 컸던 범수였다. 그리고 기차 안에서 마이크를 잡고 나이에 맞지 않게 '두만강' 노래를 불렀다. 그런데 편지글은 더 어른스러운 말만 늘어놓아 깜짝 놀랐다. 속이 깊고 학생답지 않게 세상을 다 살아본 사람 같았다.

범수의 편지는 나에게 긍정적인 힘이 되어 주었다.

그런데 어느 날 충격적인 말을 듣게 되었다.

범수가 학교를 다니다 말고 가출했다는 것이었다. 편지를 3개월 동안 주고받았는데 범수는 이모 댁 전화번호와 함께 내가 보고 싶다며 내 얼굴을 한 번만 봤으면 좋겠다는 편지를 보냈다.

그렇지만 난 전화 한 통 해주지 않았고 편지에는 딴생각 하지 말고 공부만 열심히 하라는 말만 썼는데 이때 내가 쓴 편지 내용이 서운하고 실망이 되었는지 가출을 해버린 것이었다.

이 사실을 알게 된 것은 편지를 해도 답장이 오지 않아 내가 이모 댁에 처음으로 전화를 걸어보았을 때였다. 그런데 "여보세요"를 하기가 무섭게 범수 이모부께서 소리를 꽥꽥 지르시면서 말씀하셨다.

"영암 아가씨인가? 우리 범수가 아가씨 때문에 가출해 버렸어!"

나는 놀란 가슴에 전화를 바로 끊어버렸다. 이때 내 가슴은 금방이라도 터져 버릴 것만 같은 느낌이었다. 죄책감, 미안함, 내가 지혜롭지 못했다는 것이 후회가 되었다. 어디에서 무엇을 하고 있을까? 왜 그랬을까? 지금쯤 친구들하고 나쁜 짓은 하지 않을까? 나에게는 걱정이 이만저만이 아니었다.

나를 이토록 건강하게 살려놓고 자기 앞날을 망쳐 버렸다는 것이 너무나 가슴이 찢어지게 아팠다.

이렇게 지난 날의 아픔과 추억이 담긴 편지였다. 이런 동생의 편지를 찢어 버렸다는 게 날 서운하게 만들었다.

얼마나 소중하게 아껴왔던 편지였는데… 가끔 힘들고 몸이 아플 때면 범수의 편지를 다시 꺼내 읽곤 했었다. 그런데 그 보물단지가 없어져 버리니 난 어딘가 모르게 허전했다.

어쩌다가 많고 많은 여자들 중에 나를 만나 따뜻한 사랑 한번 받지 못하고 나무껍데기와 살고 있을까? 남편이 한없이 안쓰러웠다.

이 모든 것을 알면서도 난 감정과 마음을 다스리지 못했다.

남편은 정말 착한 남자였다. 싫은 것도 내색 한번 하지 않고 아무 일 없었던 것처럼 표정관리도 잘하고 참는 것도 대단했다.

내가 남자라면 그렇게까지 하진 못했을 텐데 나에게 따뜻함을 베

풀어 주었고 사랑으로 감싸 안아 주었다. 그리고 속으론 많이 울었던 남편이었다.

나를 만나 얼마나 마음고생이 심했을까?

그래서 애타게 몸부림을 쳤다. 잊어야 된다고, 이제는 나하고 아무 상관없는 기혁 씨를 지워버려야 한다고 이를 악물었다.

그렇지만 뿌리가 너무 깊었다. 소녀 시절에 그려 놓았던 이상형을 마음속에 도장처럼 찍어 놔 두었다가 꽃다운 청춘에 만나 고고님의 반대로 강제적으로 헤어졌으니 쉽게 잊혀지지가 않았다. 엄연히 다른 사람을 만나 살고 있는데도 '기혁 씨는 내 남자야, 언젠가는 내 곁으로 돌아올 거야'라고 착각하면서 망상에 빠져 있었다.

그래서 삶에 재미도 없었고 몸도 무기력했다. 눈앞에 보이지도 않는 사람을 생각한다는 것은 너무 괴롭고 힘든 일이었다.

결혼한 지 몇 개월 지나서 일하고 싶어 헤어숍에 취직했다. 원장님을 비롯하여 직원이 세 명이었다. 그중 나와 고향이 같은 동료가 한 명이 있어서 일하기도 재미있고 하루하루가 보람된 삶이었다.

이젠 내 삶도 막 피어난 꽃잎처럼 화려하게 느껴졌다.

그런데 며칠이 지나자 늘 처져 있던 내 얼굴에 꽃이 피어서 그런지 남편은 일을 그만두라고 하는 것이었다. 나를 못 믿는 것 같아 보였다. 그래서 '불안해서 그런 거겠지' 하고 남편을 달래 보았다. 하지만 그냥 집에서 살림만 하라며 자기 고집대로만 밀고 나갔다.

"제발 미용실에 나가지 마."

"안 돼! 이게 내 꿈이야. 내 적성에도 딱 맞아."

"하지 마라고 하면 하지 마."

"누구 맘대로? 왜 내가 하고 싶은 일도 못하게 하는 건데?"

"그냥 싫으니깐."

"이유가 뭔데."

"없어."

"그럼 도대체 뭐가 못마땅한 거야! 이유도 없다면서. 그럼 내가 새장 속에 갇힌 새처럼 살았으면 좋겠어? 난 그렇게는 못 살아. 내 꿈을 이루면서 살 거야. 그러니까 나 하고 싶은 대로 가만히 내버려 둬."

"미용실에 다니는 건 내가 싫은데."

"도대체 싫은 이유가 뭔데? 말을 해야 내가 한번 생각해 볼 거 아냐. 말도 안 하면서 왜 그래."

"내가 밤낮으로 노력해서 두 배로 돈 벌어다 줄 테니깐 미용실만큼은 다니지 마. 제발."

"돈을 떠나서 이건 어렸을 때부터 내가 하고 싶었던 꿈이야. 내 생각도 해 줘야지. 사람은 자기가 하고 싶은 일을 하면서 사는 게 제일 행복한 거래. 그러니까 이것만큼은 말리지 마."

"그래도 난 싫어."

"싫으면 앞으로 어떻게 할 건데."

"계속 못 나가게 해야지."

"그래 좋아. 그럼 이유 한번 말해 봐. 이유 듣고 나서 내가 판단할 테니까."

이때 그는 한참동안 머뭇거렸다. 그러다가 한참 후 못마땅한 말투로 말했다.

"미용하는 여자들은 돈을 잘 번다고 남편을 깔아뭉개고, 두 번째는 끼가 많아서 그래. 그래서 싫어."

나는 웃음이 나왔다. 아무것도 아닌 것 가지고 그렇게 못하게 하는 것이 새삼스러웠다. 그리고 끼가 많다는 것은 사람 나름인데 왜 나쁜 쪽으로만 생각하고 있을까?

나는 그 말을 존중하지 않았다. 내가 원했던 꿈을 향해 살고 싶었다. 그러나 그는 헤어숍에 나가지 말라고 애원하듯 매달렸다. 이때 나는 화가 났다. 내가 할 일 없이 집에만 가간히 있으면서 옛사랑 생각만 하라고 못하게 하는 걸까?

일을 하면서 조금씩 안정되어 가고 있는데 그럴 수가 없었다. 미친 듯이 꿈을 향해 살고 싶었다. 그러다 보면 세월에 묻혀 가슴속에 숨어 있는 그도 떠나가겠지 라고 생각했다.

일을 그만두지 않자 그는 언니에게 전화를 걸어 미용실 좀 못 다니게 말려달라고 사정을 하는 것이었다. 화가 난 나는 수화기를 뺏었다.

"지금 뭐하고 있어? 언니가 뭐래?"

"그러니깐 제발 그만두면 되잖아!"

"누구 정신 돌아 미치는 꼴 보고 싶어서 그래?"

"그것 가지고 정신이 돌기는 왜 돌아."

"내 다음을 알기나 해? 이 일이 얼마나 내가 하고 싶은 일인데."

"그럼 차라리 다른 일 하면 되잖아."

"나보고 적성에 맞지도 않는 딴 일을 하라고 그래?"

나는 제정신이 아니었다. 속이 터질 것 같아 악을 쓰며 울어 버렸다. 이 모습을 보고 나서 그는 더 이상 반대하지 않았다.

그 대신 퇴근 시간에 맞춰 가게 앞 멀리 떨어진 곳에서 항상 나를 기다리고 있었다. 얼마나 보기가 싫던지 이땐 내 스스로가 일을 그만두고 싶은 심정이었다.

"왜 나왔어."

"그냥 같이 들어가고 싶어서."

"혹시 내가 딴짓 할까 봐?"

"아니."

"자기가 그랬잖아. 미용하는 여자들은 뭔 끼인지는 몰라도 끼가 많다고. 그래서 나도 못 믿어서 밖에서 보초 서고 있는 거잖아."

"보초는 무슨 보초야. 보고 싶어서 기다리는 거지."

"아따 거짓말도 잘하네. 내가 모를 줄 알고? 자기는 지금 불안증에 시달리고 있잖아."

"왜 그렇게 생각하는 건데?"

"이것 봐. 자기가 지금 가게 앞에서 내가 끝날 때까지 기다리고 있었잖아. 이게 바로 불안증 아냐? 맞잖아."

"그러니까 잠꼬대에서 왜 딴 남자 이름을 부르고 그래."

나는 이때 잠깐 할 말이 없어졌다. 그리고 미안한 생각이 들었다. 불쌍하기도 했다. 몸은 같이 살고 있었지만 마음은 늘 기혁 씨를 생각하면서 살았으니까.

한마디로 그는 애처로운 남자였다. 어쩌다가 나를 만나 따뜻한 사랑 한번 못 받고 신혼생활인지 구혼생활인지 구별도 못한 채 껍데기만 붙들고 살고 있는 건지….

그가 짠하게 느껴졌다. 이것을 알면서도 내 마음은 어떻게 조절할 수가 없었다.

기혁 씨가 보고 싶어서 우연히 한 번만이라도 만났으면 하는 게 나의 소원이었으니깐. 그러니 어떻게 결혼생활이 행복할 수가 있을까?

이건 한 남자를 죽이는 일이나 마찬가지였다.

결혼한 지도 2년이 되었다. 집안청소를 하고 낮잠을 자려고 누웠다. 몸도 나른하고 피곤했는데 잠자리에 눕자 내 세상이었다.

그리곤 꿀 같은 달콤한 잠을 2시간 정도 자고 일어났다.

그런데 가슴이 꽉 막혀 버린 듯 뭔가가 심상치가 않았다. 나는 죽을병에 걸린 것처럼 마음이 불안했다. 여전히 숨통은 터질 것만 같았다. '내가 왜 이러지?' 하며 공포에 떨었고 이상한 생각들이 떠올랐다.

'혹시 내가 죄를 많이 지어 무슨 병에 걸린 걸까? 아니면 예전에 걸린 늑막염이 재발된 것일까?'

나는 쥐약을 먹고 뱅뱅 도는 쥐처럼 방안을 왔다 갔다 하면서 불안한 마음을 감출 수 없었다. 하룻밤이 지나자 가슴이 꽉 막히고 답답했던 것이 처음처럼 심하지는 않았다. 그런데 초여름인데도 한겨울에 밖에 나간 것처럼 몸이 으쓱으쓱 추웠다.

이때 나는 큰 충격을 받아 이젠 정말 죽을병에 걸린 게 분명하구나 하고 생각했다. 그래서 이웃분들에게 증세를 말하였더니 "혹시 새댁 임신한 거 아니야?" 하고 말했다. 나는 설마 그럴 리가 없을 거라고 생각했다.

처음부터 애를 안 낳으려고 했던 것은 아니었는데 아이가 없었다. 그래서 포기하고 있었다. 또 어릴 적에 애 두 명을 키워봤던 것에 치가 떨려서 그랬는지는 몰라도 애를 낳고 싶은 생각이 전혀 없었다.

그런데 임신이라니… 믿어지지가 않아 병원에 가보았다. 아니나 다를까 사실이었다. 이때 기분은 그냥 무덤덤할 뿐이었다.

나도 다 크지도 못한 어린 나이에 애를 키워 봤기 때문에 자식인데도 기분이 좋기보다는 부담스러운 생각이 더 들었다.

이후 몇 개월 동안 입덧이 심해 하루하루를 버티면서 달수를 채워 나갔다.

그리고 못 먹는 것이 얼마나 괴로운 일이었던지….

추석이 곧 눈앞에 다가오고 있었다. 나는 시댁에 갈 일 때문에 미리 걱정이 되고 신경이 쓰였다. 또 차를 타는 게 고민이 이만저만이 아니었다. 그래서 이것을 어떻게 해야 되나 망설이다가 미리 형님께 말씀드려야 되겠지 하고 전화를 걸었다.

"여보세요. 형님이세요?"

"동서, 잘 지냈어?"

"네."

"이번 추석 때 내려올 거지?"

"힘들 것 같아요."

"왜?"

"입덧이 심해서 자신이 없네요. 다음에 내려갈게요."

"어느 누구나 다 그래. 추석이 며칠 안 남았네. 동서. 꼭 내려와야 돼."

나는 형님 말에 시키는 대로 그냥 따라주었다. 부모님이 계셨지만 형님네가 대장 노릇을 했기에 형님네가 오라고 하면 오고 가라고 하면 가고 그랬었다.

내 자존심에 상상도 할 수 없는 일이었지만 그래도 시댁의 말이고 형님이니까 따라줄 수밖에 없었다.

내가 만약에 맏며느리로 결혼했으면 어떻게 됐을까? 아마 집안 걱정 등 여러 가지 심적인 고생이 이만저만이 아니었을 것이다.

그래서 입장을 바꿔놓고 생각해서라도 맏며느리인 큰형님께 잘해야 되겠다는 생각이 들었다. 입덧으로 빈혈이 심했지만 그래도 시댁에 가야 한다고 마음을 먹었다.

추석 전날이 되었다.

겨우 안간힘을 다해 버티면서 도착했는데 멀미가 심해 쭈그리고 앉아 몸부림을 쳤다. 얼마나 힘들었는지 옛 생각이 잠깐 머릿속에 스쳐 지나갔다. 왜 내가 이곳으로 시집을 왔지 하고 말이다.

대문 앞에 들어서자 부모님들은 신발도 다 신지 않으신 채 달려와 손을 잡고 반갑게 맞아주셨다.

두 형님들은 미리 와 음식을 준비하느라 바쁘게 일하고 있었다. 그리고 내가 늦게 왔다는 게 못마땅한지 시큰둥해 있었다.

"늦게 와서 죄송해요"라고 했는데도 들은 체 만 체해서 나도 서운했다. 안 그래도 힘들게 큰 맘 먹고 왔는데….

"형님, 저 몸이 아파서 조금만 누웠다 일어날게요" 하고 방에 누워 있었다.

그런데 둘째 형님이 작은 소리로 뭐라고 했는지는 몰라도 큰형님이 나 들으라는 식으로 큰소리로 말했다.

"누구는 임신 안 해봤어? 그 까짓것 입덧 좀 한다고 엄살은 무슨 놈의 엄살이야."

이때 나는 큰형님에게 반발심이 생기기 시작했다. 서울에서 못 내려간다고 전화를 할 때 명령적으로 내려와야 한다고 했을 때부터 보통이 아닌 사람으로 알고 있었다.

어떻게 사람이 다 똑같을 수 있다고 그러실까? 난 이해가 되지 않았다.

더구나 예전 늑막염 후유증으로 인해 빈혈도 심한 데다가 입덧 때문에 몇 달 동안 제대로 먹지도 못했는데 어떻게 넓은 마음이라곤 손톱만큼도 없을까? 한 배 속에서 나온 자식들도 성격이 다른데 하물며 남남끼리 만났으니 더 맞지 않는 것도 많겠지?

나는 형님이 못마땅했다.

형님에게도 내가 미운 오리새끼였다. 전라도 여자인데다가 시동생을 빼앗겼다는 것 때문일 것이다.

남편은 날 만나기 전까지 부모님과 형님 댁에 말로 표현할 수 없을 만큼 잘했다고 사촌형님이 말해 주었다.

그런데 결혼 후에 남편이 달라지자 나를 미워하고 틈만 나면 남자를 꽉 쥐어 잡고 산다고 흉을 보곤 했었다. 혼자 있을 때는 그렇게 잘 할 수 있었지만 결혼하면 당연히 변할 수밖에 없는데 그것을 못마땅하게 여기고 나만 나쁜 여자로 취급했다.

남편은 부모님 회갑 때도 많은 돈을 드리고 가전제품들까지 다 바꿔주고 조카들한테도 잘하고 형님네를 끔찍하게 생각했단다. 이러니 형님 쪽에서는 서운할 수밖에….

큰형님 시집살이는 그 후로도 매서웠다.

계절이 바뀌고 구정이 돌아왔다. 배가 불러 힘들었는데도 참고 시댁에 내려갔었다.

두 형님은 날 닭 보듯 했고 소곤소곤거리며 내 기분을 불쾌하게 만들었다.

둘째 형님은 큰형님을 한결같이 왕 모시듯 떠받들어 주었다.

부모님께나 잘하 드리지 형님에게만 그러는 행동이 이해가 되지 않았다.

어떻게 보면 둘째 형님이 나를 나쁜 사람으로 만든 것이나 마찬가지였다.

마냥 정성을 다 쏟아 붓는 작은 형님과는 달리 그렇지 못한 나는 미움의 대상일 뿐이었다. 물론 나도 큰형님을 떠받들어 줄 수도 있었지만 그렇게 바보처럼 살고 싶지는 않았다.

슬픈 그녀의 행복

그건 내 자존심 때문이었다.

나는 이런 분위기가 싫었다. 그래서 시댁에 내려와도 마음이 편치 않았다.

그렇게 구정을 그럭저럭 보내고 있었다.

남편은 큰형수님께 아버님 생신 때에는 못 내려온다고 말했다가 큰 싸움판이 벌어졌다. 구정하고 아버님 생신이 한 달 안으로 있었다. 그래서 남편은 내 생각해서 명절 때 왔으니까 또 내려오기가 힘들 것 같다고 큰형수에게 말했다가 일이 커진 것이었다.

"형수님, 아버지 생신 때는 못 내려올 것 같은데요. 집사람 배도 부르고…"라는 말만 했을 뿐인데 형님은 얼굴이 붉어진 모습으로 갑작스럽게 나오는 말이 "이 쌩! 어디서 마누라를 감싸고 돌고 있어? 언제부터 그렇게 변했어! 장가만 가면 다야? 누구는 임신 안 해봤어?" 하고 소리를 지르자 남편은 계속 듣고만 있다가 입을 열었다.

"형수님, 제가 뭐를 얼마나 잘못했다고 그러세요."

"이 쌩, 어디에서 형수한테 말대꾸야 말대꾸는! 내가 없으면 이 집이 잘될 거 같아? 내가 이 집에서 모든 일을 다 헤쳐 나가잖아! 어디 느그덜 나 없이 한번 잘 살아봐! 이 쌩놈이 어디에서 형수한테 말대꾸야!"

이때 남편도 참다못해 화가 났는지 한마디 했다.

"형수님, 내가 뭘 잘못하고 무슨 말대꾸를 했다고 그러세요! 예? 아버님 생신 때 못 내려온다고 말한 게 그게 그렇게도 서운하세요? 살다 보면 상황에 따라서 못 내려올 수도 있잖아요!"

이때 형님은 더 큰 흥분을 삼키지 못하고 "이 쌍놈이 뭐? 지금 형수한테 버릇없이 뭐라고 한 거야! 어디서 마누라를 감싸 돌고, 감히 형수한테 대들어?" 하고 남편의 멱살을 잡으려고 했다.

이때 아버님과 어머님은 놀란 가슴에 덜덜 떠시며 형님을 달리셨다. 나는 이제까지 살아오면서 시부모님처럼 천사 같은 분들은 보지 못했다.

이런 부모님 앞에서 형님은 아예 방바닥에 드러누워 방방 구르며 소리를 빽빽 내질렀다.

어른이 아무것도 아닌 거 가지고 그게 뭐가 그렇게 기분이 나쁠까? 그리고 아무리 그래도 그렇지, 어떻게 시동생한테 험한 말을 할 수가 있을까? 예정일이 얼마 남지 않아 힘들어서 못 올 수도 있다는 건데….

아무래도 형님 입장에서는 남편에 대한 배신감 때문인 것 같았다. 총각 시절엔 형님께 잘하다가 결혼하고 달라지자 마음에서 분노가 치밀어 오른 것일 수도 있었다. 또 내가 미워서 더 그랬을 것이다.

이런 저런 일로 형님의 시집살이가 심할 때는 꼭 기혁 씨 생각이 났었다.

'기혁 씨 집안으로 시집을 갔으면 이보다 더 나았을까? 그쪽도 만만치 않았겠지. 그래도 차라리 나의 이상형고- 살면 더 괜찮았겠지, 덜 서운했겠지…' 하고 서글픈 마음이 들었다.

나는 형제간에 우애 없이 싸우고 지내는 것이 정말 싫었다. 어릴 적부터 모든 것을 겪어 왔기 때문에 나도 애를 쓰며 어떻게 해서라도

슬픈 그녀의 행복 177

잘 해보려고 했었다. 그러나 내 성격과는 너무 달랐다. 어떻게 보면 둘째 형님이 버릇을 그렇게 만들어 놓은 것이었다.

둘째 형님은 부모님보다는 큰형님을 공주 모시듯 떠받들어 주었다. 그리고 형님네 조카들이 학교를 졸업하면 선물 대신 돈을 주었다. 그것도 내게 보라는 듯이 생색내며 큰소리로 "형님예, 종현이 졸업선물로 뭐 하나 살려고 했는데 마땅한 게 없어서 돈 30만 원 넣었어예" 하며 봉투를 내밀었다.

이럴 땐 나는 낙동강의 오리알이 된 기분이었다.

나는 잘 해보려고 최대한 노력도 많이 했었다. 형님네는 처음부터 내가 전라도 사람이라고 미워하고 싫어했다. 그리고 나로 인해 남편이 변했다고 나를 징그러운 뱀처럼 대하듯 못마땅해 했다.

철없는 아줌마

애가 한 살인데도 일이 하고 싶었다. 기술을 배워둔 것도 잊어버릴까 봐 염려가 되곤 해서 애를 업고 집 근처 숍에 자주 놀러가곤 했다. 그래서 나는 언니와 친자매처럼 지내게 되었다.

그런데 언니는 가끔 계모임이 있다고 거짓말을 하고 카바레를 가는 것이었다.

단골손님으로 오는 중년 아줌마가 있었는데 머리는 긴 커트에 키는 작고 체격은 보통이었다. 얼굴은 예쁜 데 없이 그저 그랬다. 그런데 담배도 피우고 술도 잘 먹고 숍에 올 때 남편인지는 몰라도 둘이 올 때가 많았다.

두 사람은 행복하게 사는 것처럼 다정스러웠다. 여자는 경상도 사투리에 사납게 보이는 이미지였다. 언니는 그 아줌마와 정을 나누며 친하게 지냈다.

"언제 우리 놀러 한번 가지?"

"어디로?"

"저녁에 일찍 문 달고 밤바람 한번 쐬러 갈까?"

"좋지."

"그럼 언제 갈까?"

"아무 때나 상관없어. 내 집이라 가게세도 안 나가니깐."

"그럼 토요일 밤에 한잔 하러 갈까?"

"그래. 남편한테는 계모임 간다고 미리 거짓말해 놔야겠다. 가정의 평화를 위해서."

토요일 밤이 지나고 이틀 후였다. 이날도 경상도 아줌마가 와 있었다. 그리고 두 사람은 카바레에서 놀다온 일을 내가 듣지 않도록 소곤소곤 속삭이고 있었다. 난 자리를 피해 주려고 그냥 집으로 돌아왔다.

'카바레에 가서 무슨 일이 있었을까?' 하고 이런저런 생각에 궁금해졌다.

그런데 어느 날이었다. 언니는 비도 오고 하니까 점심이나 같이 먹자고 나와 아줌마를 불렀다. 항상 시끄럽게 땍땍거리고 활발하던 아줌마는 웬일인지 기분이 저기압이었다.

어딘가 모르게 아픈 사람으로 보였다. 점심밥도 먹는 둥 마는 둥 하더니만 밖에 나가 소주 두 병을 사가지고 들어와 병째 들이마시는 것이었다.

그리곤 갑작스럽게 훌쩍훌쩍 소리를 내며 울기 시작했다. 옆에서 지켜본 언니는 충청도 사람이라 아주 느리고 처진 목소리로 말했다.

"왜 운디여? 밖에 비도 오는디 괴로운 일 있으면 털어놔 봐. 내가 다 해결허 줄테잉게."

"나 어떡하면 좋니. 가슴이 찢어질 듯 아프다. 미쳐 버릴 것만 같아."

"왜 그러는디? 울지만 말고 말을 혀봐."

"말 안 할래. 말 못해."

아줌마는 울면서 소주 한 병을 다 들이마셨다. 두 병째 마시는 중에 속마음을 털어놓았다.

"나 그 남자가 보고 싶어 미쳐 버릴 것만 같아."

"카바레에서 만난 남자?"

"응."

"지금 만나고 있잖아."

"아니다. 소식이 없다."

"왜 그렇게 됐는게?"

"나도 돌라."

"그럼 연락 올 때까지 좀 더 기다려 봐."

"하루라도 목소리를 안 들으면 견딜 수 없어."

어린애가 부모를 잃어버려 우는 것처럼 목메어 한없이 울부짖었다. 옆에서 지켜보던 언니는 눈만 둥그렇게 뜬 채 멍하니 쳐다보다 화내는 듯하면서도 달래주는 듯 눈살을 찌푸리며 한마디 던졌다.

"바보같이 울기는 왜 울어."

"소식이 없으니깐 그렇지."

"그럼 전화해서 이유를 물어봐."

"전화번호도 바꿔 버렸어. 그래서 내가 미칠 것 같다고 그러잖아."

"만난 지 얼마나 됐다고 그렇게 목숨을 걸어?"

"내 자신도 몰라. 왜 이렇게 됐는지…."

"우리가 카바레에 갔다 온 지 겨우 보름밖에 안 됐는데 얼마나 정이 들었다고 다 죽어 가는 사람처럼 울어?"

"그 남자한테 첫눈에 반해 버렸어. 그날 밤 내가 너무 취해서 아무것도 생각나진 않았지만 아침에 일어나 보니까 그 남자와 내가 누워 있는 거야."

"그럼 너 술 취해서 아무것도 생각 안 난다는 건 거짓말이고 알면서도 모른 척하고 좋아서 따라갔구나."

"아니야. 나는 정말 몰라. 아무것도 생각나지 않아. 2차에서 그 남자랑 단둘이 술을 마신 것까지는 생각이 나는데 그 후론 어떻게 그 남자를 따라갔는지 전혀 기억이 안 나."

"근데 그런 장소에서 만난 남자가 뭐가 좋다고 대낮에 술까지 마셔 가면서 울어?"

"전화통화도 자주 하고 그랬는데 갑자기 남자가 돌변한 거야."

"바보야, 그럼 가라고 그래."

"나는 그 애가 좋단 말이야."

"어디가 그렇게 좋았어? 혼자 미친 거야."

"몰라. 내 눈에는 모든 게 다 좋아보였어."

"자기보다 나이가 더 어리게 보이던데?"

"응. 다섯 살 더 어려."

"인상은 차분하니 좋게 생겼더라."

"그 애는 처음 보는 거하곤 달라. 보면 볼수록 잘생겼고 매력이 넘치는 남자야. 그래서 내가 깊이 빠져들었나 봐."

"그럼 이쯤에서 다 끝내버려. 너 혼자만 그렇게 좋아하면 뭐해? 서로 같이 좋아해야 되는 거지."

"이젠 그 남자 없인 못살 것 같아. 지금도 보고 싶어 미칠 것 같단 말야."

아줌마는 창피한 것도 모른 채 얼굴엔 눈물, 콧물이 범벅이 된 채 울부짖으며 떠들어 댔다.

"나 그 애 없으건 못살 것 같아. 목소리라도 듣고 살았으면 좋겠어. 난 이젠 어떡하면 좋니?"

"어떡하긴 뭘 어떡해. 그냥 잊어버려."

"못 잊어. 그 남자 없이는 살 수 없어. 돈도 다 필요 없어."

"아니 돈이 필요 없다니? 그게 무슨 소리야?"

"내가 그 남자한테 돈 700만 원 해줬거든."

"어떻게 된 거야? 자세하게 말해 봐."

"나 그 돈 안 아까워. 내 목숨까지도 바칠 수 있단 말이야. 그 정도로 내가 사랑하고 있어."

가만히 듣고 있던 언니는 흥분하기 시작했다.

"그 남자에게 돈은 왜 준 거야?"

"급한 사정이 생겼다길래 해줬어."

슬픈 그녀의 행복 **183**

"미쳤구만! 700만 원이 적은 돈이라고 해줘? 그 남자 사기꾼이야. 너가 좋아서 만났던 게 아니라. 여자들마다 만나서 돈만 뜯어내고 잠수 타버리는 사기꾼한테 왜 속아 넘어가? 이 철없는 사람아. 딱 보니깐 그 남자 정말 못된 인간이네. 그런 인간이 왜 보고 싶다고 울고불고 지랄이야! 지금 내가 분통이 터지는구만. 그 남자한테 연락 와도 앞으론 두 번 다시 만나지 마. 알았어?"

"안 돼. 나 그 남자 만나지 않고는 살 수가 없어. 미쳐 버릴 것만 같단 말이야."

"정신 차려, 이것아!"

"내 맘대로 안 되는 걸 어떡해. 목소리라도 들었으면 좋겠어. 난 앞으로 어떻게 살아야 돼? 새댁아, 너가 말 좀 해봐. 난 어떡하면 좋겠니? 나 좀 살려주라. 그 남자가 너무 보고 싶어. 한 번만이라도 만났으면 좋겠어. 나 어떡해?"

죽을 만큼 보고 싶은 마음에 복받치는 눈물을 흘리며 울어댔다.

나는 이때 아무 충고도 해주지 못했다. 아줌마가 사랑에 빠진 그 사람이 어떻게 생겼는지는 몰라도 내 경우처럼 이상형이 아니었을까 하고 생각했다.

'얼마나 사랑했길래 그럴까?' 비록 만난 지는 보름밖에 안 되는 아주 짧은 만남이었다지만 얼마만큼 가슴 깊이 사랑을 했느냐가 중요했다.

창가 너머로 보이는 비는 내렸다 그쳤다를 반복하고 있었다. 가을 단풍나무들은 바람에 이리저리 서로 치이며 상처를 받아 하나, 둘 사르륵 떨어지고 있었다. 난 중얼거렸다.

'옛 사랑도 아닌데 남편만 바라보고 살 것이지 왜 낯선 남자에게 푹 빠져서 가슴에 상처를 입고 애간장을 태울까?'

사랑은 비바람에 나뭇잎을 후려치는 것과 같다. 가슴속을 갈기갈기 찢어놓고 몸을 병들게도 하고… 간남 뒤엔 왜 이별이 있는 걸까? 상처 입은 낙엽은 바람 때문에 그렇다 치고 사람은 감정의 변화 때문일까? 돌아서서 굿바이 안녕 하는 사람은 행복하지만 배신당한 사람은 말할 수 없는 고통 속에 헤매고 있다.

나는 아줌마의 사랑이 안쓰러웠다. 남자가 어떻게 생겼는지도 궁금해졌다.

"카바레에 가서 왜 아줌마만 남자를 만났어요?"

"누가 아니래?"

"…어떡하다."

"글쎄, 나도 몰랐어. 그날 저녁에 같이 남자랑 어울려서 술은 마셨지만 나는 따로 헤어졌거든."

"아줌마가 좋아하는 남자 멋있게 생겼어요?"

"아니, 그렇지도 않아. 그냥 보통 인물인데 인상은 좋게 생겼어."

나는 속으로 생각했다.

'그럼 그렇지. 제 눈에 안경이겠지. 남들 눈에도 똑같이 보여야 잘생긴 거지. 아줌마는 얼마나 좋아했으면 목을 매며 울었을까?'

"언니도 그때 다른 남자 만났어요?"

"내가 미쳤니? 놀다 온 재미로 끝내야지. 아무나하고 왜 사귀어.

앞으로 안 갈 거야."

"잘 생각했어요."

"내가 지금 얼마나 속상한지 아니?"

"그렇겠지요."

"아니 사기꾼에게 돈을 왜 해줘? 멍청하게. 세상 헛살았어. 그 돈이 적은 돈이야? 미쳐도 단단히 미쳤지. 어떻게 이런 일이 다 있어? 남편이 알면 어떻게 하려고 그랬을까?"

"그럼 가끔 숍에 따라오신 분이 남편이에요?"

"응."

"굉장히 다정다감하게 보이던데."

"그 사람도 두 번째 남편이야. 본남편하고는 이혼하고 이 남자랑 산 지는 이제 겨우 1년밖에 되지 않았어."

"아줌마가 문제 있는 사람이네요. 어떻게 된 게 얼마 되지도 않아 이 남자 저 남자 아무나 사랑에 빠져 살려고 그래요? 줏대 없는 아줌마 아니에요?"

"나도 몰라."

"왜 그런 사람과 친하게 지내세요?"

"사람이 좋아. 인정도 많고."

"근데 줏대가 없잖아요."

"응. 그런 거 같아."

"내가 봐도 심해요."

"앞으론 가까이 안 할 거야. 이제 보니까 간이 단단히 부은 여자야. 겁도 없이. 남편이 알까 봐 내가 두렵다."

"걱정하지 마셔요."

"어떻게 걱정을 안 할 수가 있어. 나하고 연관된 일인데."

"아줌마가 빨리 정신을 차리셔야 할 텐데."

"내 말이 그 말이야. 미친 것이 돈은 왜 해줘?"

"잠깐 사이 뭐가 씌었나 보지요."

"그래도 그렇지 70만 원도 아니고 700만 원이나 되는 돈을…."

아줌마의 사랑은 잘못된 만남이었다.

그리고 이별 후에 산낙지처럼 몸부림을 치며 울부짖는 모습이 내겐 인상적이었다.

이후로 나는 드라마나 소설책에서 남녀가 서로 사랑하다 이별한 후 못 잊어 괴로워하는 장면들만 좋아하게 되었다.

나는 며칠이 지나도 아줌마의 우는 모습이 밤낮으로 떠올랐다.

'어떻게 생겼을까? 얼마나 가슴이 찢어질 듯 아팠으면 그랬을까? 또 얼마만큼 미치도록 보고 싶었으면 대낮어 술을 들이마시고 울어댔을까? 여인의 눈에는 얼마만큼 잘생겼길래? 그냥 남자답게 생겼겠지?'

내겐 이런 상상들이 재미있었다. 이런 일이 있은 후 언니는 두 번 다시는 카바레에 가지 않았다.

이때 나는 인생 살아가는 법을 배웠다. 어떤 게 불행이고 행복한 것인지를….

그리운 만남

텔레비전 일기예보에서 장마가 시작된다는 소식이 들려왔다. 비는 나에게 활력소를 부어주는 반가운 친구이기도 했다. 미용실을 운영하고 있던 나는 파마를 말고 있던 중이었다. 예쁘장하면서도 세련된 중년의 손님이었다.

그런데 손님에게 누군가로부터 전화가 걸려왔다. 가만히 귀를 기울여 보니 남편한테서 온 전화인 것 같아 보였다. 전화 받는 손님의 목소리는 짜증이 나 있었고 얼음장같이 차가웠다.

난 속으로 '아, 남편에게 온 전화를 귀찮다는 듯이 저렇게 받는 사람도 있구나' 하고 생각하고 있을 때 2분도 지나지 않아 또 어떤 분에게 전화가 걸려왔다.

이때는 아까와는 달리 콩가루처럼 부드러운 음성으로 애교가 닭살 돋게 야들거리면서 밝은 모습으로 속삭이듯이 말했다.

"여보세요. 응, 거기 어디야? 나 지금 숍에 와서 파마 말고 있어. 밥은 먹었어?"

이런 대화들을 나누며 통화는 길게 이어졌다.

나는 어딘가 모르게 묘한 감정이 들면서 한편으로는 손님이 얄밉기도 했다. 남편에게 온 전화는 퉁명스럽고 칼바람처럼 받았고 애인은 곱디그운 비단 같은 목소리로 따뜻하게 대해 주었다.

궁금한 것을 못 참는 나로서는 더 확실한 것을 알고 싶어 굴어보았다.

"지금 통화하신 분 누구세요?"

"왜요?"

"그냥 궁금해서요."

손님은 방긋 미소만 지었다. 나는 실례인지 알면서도 그만 마음속에 있던 것을 조심스럽게 내뱉고 말았다.

"…혹시 애인 닿지요?"

"왜 그렇게 생각하는데요?"

"그냥 느낌이…."

"어떤 면에서 그런 느낌을 받았는데요?"

"통화내용도 길고 풍기는 모습도 달처럼 밝았고 애교 섞인 목소리도 하늘에 떠 있는 무지개처럼 아름다웠거든요."

"내가 아까 그랬었나요?"

"네, 처음 걸려왔던 전화와는 하늘과 땅처럼 차이가 났었거든요."

"그렇게 심한 정도였어요?"

"그럼 그걸 못 느끼셨어요?"

"내가 모르니까 물어보잖아요."

"처음 전화는 남편분 맞으시죠?"

"목소리가 다 들리던가요?"

"그건 아니에요. 저는 어릴 적부터 눈치 하나는 빨랐거든요."

"그럼 자신이 피곤하지 않나요?"

"눈치가 빠르다 보면 상대방 마음을 알고 비위를 맞춰 사니깐 당연히 피곤하지요."

손님은 애인이 있다는 것을 자랑이라도 하고 싶다는 듯 사실대로 말한 것이 이해가 되지 않았다. '어떻게 만난 애인일까?' 궁금한 생각이 들었다.

나는 이때 '나도 옛 애인 한번 만나봤으면 좋겠다'라고 허황된 꿈으로 부풀기 시작했다. 안 그래도 가슴 한켠에 옛정이 남아있어 기혁 씨만큼은 꼭 한번 만나고 싶었다. 그래서 며칠이 지난 뒤에 단골로 자주 온 언니에게 이 사실을 큰맘 먹고 털어놓았다.

"결혼하기 전에 내가 좋아했던 사람이 있었는데 헤어졌거든요."

"얼마나 사귀었는데?"

"비록 8개월밖에 만나지 않았지만 내 마음속은 10년 사귄 것 같네요."

"얼마 안 사귀었네."

"그래도 부모님 상견례까지 다 했는데요."

"근데 왜 헤어졌는데?"

"집안에서 반대했거든요."

"어느 쪽에서?"

"남자 쪽에서요."

"반대하는 이유가 있을 거 아냐."

"제가 결혼하기 전에 조상 얘기 들먹거렸다고 남자 쪽 고모님이 반대를 했거든요…."

"무슨 조상? 어떤 말을 했길래?"

"사실은 남자 쪽 집안환경이 좀 복잡했거든요. 사람이 어떤 일이든지 모르면 약이 되는데 그 사실을 알게 되니깐 제 입장에서는 갈등이 생겼었어요."

"음, 그렇겠지."

"그래서 며칠 동안 고민하다 헤어지자고 제가 먼저 말했어요. 그 사람은 저를 붙잡지도 않고 혼자 끙끙 앓으면서 3일 동안 출근도 안 하고 밥도 안 먹고 방에 누워만 있었대요."

"충격이 컸었나 봐?"

"그래서 옆에서 지켜본 남자 쪽 고모님이 저에게 좀 만나자고 연락이 왔어요. 그래서 만났는데 헤어지자고 한 이유가 뭐냐고 물어보길래 한참동안 머뭇거리다가 '친할머니가 아니라서' 이 말 한마디만 했는데 저한테 욕이란 욕을 다 퍼부어 가면서 반대를 했어요."

"아, 그런 일이 있었구나. 그럼 둘이는 서로 싫어서 헤어진 게 아니네?"

"네, 그렇지요."

"그럼 지금도 그 사람이 생각나?"

"생각이라니요. 지금까지 마음속에서 자리 잡고 떠나지 않고 있는 걸요."

"대부분 결혼해서 살면 다 잊혀지다가 가끔 남편들이 속 썩일 때만 한 번씩 생각이 난다던데 자기는 너무 심하다. 신랑이 불쌍하네. 이제까지 껍데기만 붙들고 살았다는 것밖에 안 되잖아."

"그건 맞지만 어쩔 수 없는 운명이에요. 나는 그 사람이 어릴 적 마음속에 그려 놓았던 이상형이었으니까요."

"아무리 그래도 그렇지⋯."

"언니, 옛 애인 한번 만나고 싶은 마음이 굴뚝같은데 어떻게 하면 될까요?"

"연락처는 알고 있어?"

"⋯네."

"그럼 살면서 전화 한번 정도는 했겠네."

"아니요, 전혀요."

"왜? 전화 한번 해보지."

"만약에 내가 전화했다가 그쪽에서 안 받아주고 냉정하게 나오면 내 자존심은 어떡하라고요. 그래서 한 번도 못 했거든요. 근데 지금은 용기 내서 전화 한번 해보고 싶은 생각이 들어요."

"그럼 당장 해봐."

"만약에 나를 모른 척하면 내 자존심은 어떡하지요?"

"그런 걱정 안 해도 돼. 반갑게 받아줄 거야."

"그걸 어떻게 믿어요."

"어느 누구나 결혼생활이 10년쯤 되면 옛 애인도 만나보고 싶은 생각이 들거든. 그러니까 분명히 연락하면 만나자고 할 거야."

"만약에 모른 척하고 전화 끊어버리면 책임질 거예요?"

"그래, 내가 책임질게. 연락하면 남자 쪽에서 아마 좋아서 어쩔 줄 모를걸?"

"그걸 어떻게 알아요?"

"둘이 싫어서 헤어진 게 아니잖아. 고모님이란 사람이 반대해서 헤어졌기 때문에 그 남자도 자기처럼 마찬가지일 거라고."

"그래요? 진짜 그럴까요?"

"그러니까 오늘 당장 전화 한번 해봐."

"오늘이요?"

"사람이 맘먹었을 때 일을 저질러야지. 안 그러면 또 마음이 변하잖아."

"변하지는 않는데 용기가 덜 생기겠지요?"

"맞아."

"근데 언니 착한 사람 맞아요?"

"왜?"

"나를 혼내켜서 못 만나게 해야지 나쁜 일에 지금 도와주고 있잖아요."

"그건 아니지."

"뭐가 아니에요."

"어차피 언젠가는 꼭 만나야 할 사람인 것 같으니까 그렇지."

"왜 그렇게 생각하는데요?"

"사연을 들어보니까 짠한 생각도 들고 안 그러면 늙어 죽을 때까지 그 마음을 품고 살게 되면 남편만 불쌍하게 되고 그렇잖아."

"만약에 만나서 푹 빠지게 되면 어떡하라고요?"

"그런 마음이 들 것 같으면 만나지 말아야지. 그냥 자연스럽게 친구처럼 얼마나 변했는지 확인만 하고 또 어떻게 어떤 마음으로 살았는지 그것만 물어보고 무 자르듯이 확 잘라 버려야지."

"그게 사람 뜻대로 되나요?"

"그러고 보니깐 내가 오늘 괜히 남의 일에 바람을 불어넣은 것 같아 기분이 찝찝하네. 잘 살고 있는 가정에 속없이 옛 애인을 만나라고 하고."

"아니에요. 그렇게 말씀하시면 제가 더 미안하잖아요. 내가 알아서 결정하면 되니까 신경 쓰지 마세요."

"그럼 연락하고 싶은 생각은 있어?"

"생각 좀 해볼게요."

나를 생각해준 언니가 고마웠다. 비록 좋은 일은 아니었지만 그래도 기분은 좋았다. 난 그가 그리워 보고 싶었기 때문에 이때부터 용기가 두 배로 생겨나기 시작했다.

첫사랑을 하는 것처럼 가슴도 콩닥콩닥 뛰고 긴장감에 안절부절못했다. 그리고 오직 이 말 한마디만 기억되었다.

"전화해서 안 받아주면 언니가 책임진다."

그 말이 나에게는 큰 힘이 되었다. 또 용기가 생겨났고 확실한 믿음이 나를 기분 좋게 만들었다.

때가 왔다. 이날은 장마가 시작되는 날이었다. 나는 조마조마한 마음으로 좋은 결과를 바라면서 그가 살고 있는 집으로 전화를 걸었다. 집 전화번호는 예전부터 누군가로부터 알고는 있었다. 그리고 핸드폰 번호는 이날 2시쯤에 집으로 전화를 했는데 이제 막 유치원생이 된 듯한 아들이 가르쳐 주었다.

쉽게 핸드폰 번호를 알아낸 나는 귀한 보물이라도 얻어낸 것처럼 마음이 뿌듯해졌다. 하지만 한편으로는 미안하기도 했고 이 번호로 뻔뻔스럽게 어떻게 전화를 걸어야 될지 망설여지기도 했다.

그래서 수화기를 들었다 놨다를 수없이 반복했다. 어느새 시간이 5시가 되어 가고 있었다. 그래서 '에따 모르겠다. 그 까짓것 일이나 저질러 보고 고민을 하든지 말든지 하자' 하고 용기를 내어 수화기를 들었다.

그런데 내 손이 겉잡을 수 없을 정도로 덜덜 떨렸다.

"여보세요."

"…안녕하세요."

"누구신데요?"

"…목소리 못 알아보겠어요?"

"누구시더라?"

그는 알면서도 모른 척하는 것인지 모르겠지만 전혀 생각이 나지 않는다는 것처럼 차분히 말하고 있었다.

이건 내 생각이지만 예전부터 그는 자존심이 강해서 알면서도 나를 잊고 잘 살았다는 것마냥 튕기는 것처럼 느껴졌다.

"끝까지 모른 척할 거예요?"

"말씀을 하셔야 알지요."

이때는 나도 자존심이 상해서 아무 말도 하지 않고 소리 없이 있었다.

그런데 그가 더듬더듬한 목소리로 기다렸다는 듯이 반갑게 말했다.

"제 핸드폰 번호는 어떻게 알았어요?"

"미안해요. 집에다 전화했더니 아들이 가르쳐 주더군요."

"지금 거기가 어디에요?"

"○○인데요."

"그럼 제가 그쪽으로 당장 갈게요."

"지금 절 만나러 오신다고요?"

"네."

"농담하지 마세요."

"진짜 간다니까요. 지금은 퇴근시간이라 차 가지고 가면 많이 막히고 오래 걸리니까 전철 타고 갈게요. 위치 좀 알려주세요."

"다음에 만났으면 좋겠는데요."

"저는 오늘 만나야겠어요."

나는 속으론 좋으면서 여자의 매력이 떨어질까 봐 약간은 튕겨 보았다.

"꼭 오늘 만나야 되요?"

"네."

"그럼 도착해서 전화하세요."

이때 나는 복권이라도 당첨된 것처럼 기분이 좋았다. 한편으로는 꿈인지 생시인지 구별할 수가 없을 만큼 믿어지지가 않았다. 그리고 보고 싶은 사람을 만난다는 것이 얼마나 행복한 일인지 알 수 있었다.

긴 12년이란 세월을 참고 기다렸는데 겨우 1시간 정도 되는 거리를 그가 오고 있는데도 1년처럼 느껴졌다.

얼마나 지루하던지 그동안 어떻게 참고 살았는지 이해할 수 없었다.

얼마나 변했을까? 중년 아저씨처럼 늙어 보일까? 아니면 열 살 아래 정도 동안으로 보일까? 애는 몇 명 정도 낳았을까? 이런 저런 생각을 하면서 지르하게 그를 기다리고 있었다. 시간이 6시쯤 되었을 때 핸드폰 벨이 울렸다.

"어느 쪽으로 나가면 돼요?"

"2번 출구쪽 바로 2층에 노을 커피숍이 있거든요. 그쪽으로 오세요."

"알았어요."

나는 갑자기 겨울비를 맞은 사람처럼 온몸을 덜덜 떨고 있었다.

그때 긴장한 듯하면서도 미소 짓는 얼굴로 그가 내 앞에 나타났다.

"앉으세요."

우리는 차를 시켜 놓고 묵묵히 앉아 상대방 얼굴을 읽고 있었다. 그동안 행복하게 살았는지 고통 속에서 불행하게 버텨왔는지 서로 얼굴만 바라보고 있을 때 커피가 탁자에 놓였다.

"드세요."

"네, 그동안 어떻게 지냈어요?"

"제 얼굴을 보면 알 수 있지 않아요? 행복했는지 불행했는지. 어느 쪽 같아요?"

"행복한 쪽으로 보이는데요."

"어떻게 해서 그런 생각이 드세요?"

"예전하고 똑같네요."

"뭐가요?"

"아줌마가 아줌마같이 보여야 하는데 아직까지도 아가씨처럼 보이는 걸 보면 그동안 마음 편히 살았으니깐 그렇게 동안으로 보이겠지요?"

"빈 말이라도 듣기 좋네요."

"저는 진심으로 하는 말이에요. 여기에서 언제부터 살았어요?"

"신혼 때는 수유리에서 살고 이쪽으로 오게 된 지는 좀 됐어요."

"그렇군요."

우리는 한참동안 대화를 나누었다.

그는 나와 결혼하지 못한 걸 후회하는 것처럼 느껴졌다. 그동안 내가 얼마나 궁금했었는데… 여름날에 이별을 하고 밥 잘 먹고 두 다리 뻗고 편안하게 잘 수 있었는지 궁금했던 것이 이제야 다 풀리는 것 같았다.

"저랑 헤어지고 얼마 만에 배우자를 만났어요?"

"두 달 만에요."

이때 난 속으로 중얼거렸다.

'치, 빨리도 만났네. 그때 나는 얼마나 많이 방황하고 괴로웠는데.'

"어디에서 어떻게 만났는데요?"

"저희 이모님 중매로 만났어요."

"친엄마 쪽이요?"

"네."

"어떻게 쉽게 정이 가고 마음에 들었나 봐요."

"아니요. 그건 아니에요."

"그러면요?"

"그건 나중에 말해 줄게요."

"처가 쪽은 어딘데요?"

"제주도요."

"저는 시댁이 청주예요. 남편 나이는 기혁 씨와 똑같은 토끼띠이구요."

"자녀는요?"

"딸 하나예요. 기혁 씨는요?"

"딸 둘에 아들 하나예요."

이때 난 속으로 중얼거렸다.

'치, 얼마나 좋았으면 요즘 세상에 애를 세 명이나 낳았을까?'

나는 질투가 나면서 말하기가 싫어져 버렸다. 그래서 창밖만 쳐다

보고 있었다.

"무슨 생각 하고 있어요?"

"그렇게 보여요?"

"네, 삐져 있는 모습으로요."

"제가 삐질 게 뭐가 있다고요."

"아니면 됐고요."

"애들 중에 아빠 닮은 애 있어요?"

"큰딸이 저랑 똑같아요."

"어떻게 해서 애를 셋이나 낳을 생각을 했어요?"

"원래 제가 자식 욕심이 많았어요. 어릴 적부터 혼자 자라서 외로움을 많이 타서 그런 것도 있었고 딸 둘만 낳고 안 낳으려고 했는데 장남이라고 아들 하나 정도는 있어야 된다고 가족들이 자꾸만 하나 더 낳으라고 하는 바람에 셋이 됐네요."

"자식이 많아서 행복하겠네요?"

"그렇지도 않아요."

시간이 훌쩍 지나갔다.

그토록 가슴속에 숨겨 왔던 그와 12년 만에 만나 얼굴을 볼 수 있다는 것이 꼭 꿈을 꾸고 있는 것만 같았다.

그리고 남의 남자라는 생각이 전혀 들지 않았다. 내 남자라는 생각 때문인지 죄책감이나 불안한 생각은 조금도 없었다. 법적으로 따지면 엄연히 남의 남자이고 남의 여자인데 그래서 불륜이 될 수도 있는데 우리는 서로가 당연히 그럴 수 있다는 것처럼 편안하고 자유로웠다.

우리는 잠깐 동안 서로가 말이 없었다.

앞으로 어떻게 해야 될지도 모르겠고 이대로 계속 만남을 가져야 될까, 아니면 그냥 서로 가정의 행복을 위해서 소식을 끊고 살아야 할까 망설이고 있었다.

그런데 그가 애틋한 목소리로 아주 느리게 신중히 입을 열었다.

"…우리 앞으로 어떻게 할까요?"

"뭘요?"

"저는 연락을 지속 하고 싶은데 전화해도 괜찮아요?"

비록 찾기는 내가 먼저 찾았지만 만나고 나니 더 적극적인 사람은 기혁 씨였다.

나는 아직 궁금한 것도 못 물어봤고 나중에 한 번 더 만나 여름날에 이별을 한 후 어떻게 살았는지 왜 나에게 연락한다고 해놓고 소식이 없었는지 알고 싶었다.

그래서 한 번쯤은 더 만나야 되겠다고 생각하고 있었다.

"전화하고 싶으면 하세요."

"그래도 괜찮아요?"

"…네."

"오늘 기분 정말 좋았어요."

"뭐 때문에요?"

"평생 늙어죽을 때까지 얼굴 한번 못 볼 줄 알았는데 인연이 이렇게 닿아서요. 정말 기쁘네요."

"내가 찾았으니까 만났지요. 안 그랬으면 끝까지 못 만났을 텐데… 근데 한 가지 궁금한 게 있는데요. 처음 통화할 때 '여보세요' 이 한마디만 듣고도 저인 줄 알았어요?"

"그게 그렇게 궁금해요?"

"네."

"사실은 알고 있었어요."

"근데 왜 모른 척했어요?"

"바로 아는 척하면 내 속마음이 다 들통나잖아요."

나는 그 말이 무슨 뜻인지를 알고 있었다. 기혁 씨도 나같이 가슴 한켠에 나를 늘 생각했던 것이었다. 그래도 난 응큼하게 모른 척하면서 물어보았다.

"바로 아는 척하면 어떤 속마음이 들통나는데요?"

"다음에 만나서 말해 줄게요. 오늘은 시간이 늦어서 집에 가봐야 될 것 같네요."

"아, 그러고 보니 시간이 벌써 이렇게 됐네요. 죄송해요."

"아니에요. 저도 헤어지기 싫었거든요. 제가 내일 전화할게요."

그는 내일 전화한다는 말을 남기고 집으로 돌아갔다. 나는 그 말을 믿지 않았다. 결혼 전에도 헤어질 때 3일 후에 연락한다고 해놓고 무심하게도 연락하지 않았기 때문에 마음에 두지 않았다.

그렇다고 해서 또 내가 먼저 전화하고 싶은 생각은 들지 않았다. 그래서 중얼거리며 '내일 전화하나 안 하나 어디 두고 보자' 하고 조급한 마음 없이 느긋하게 기다리고 있었다.

그런데 오전에 전화가 걸려왔다. 뜻밖이라 나도 감동하고 같았다. 모든 것이 상상할 수 없는 일이었지만….

본격적인 장마가 시작되었다.

따르릉 따르릉 전화벨이 울렸다. 이때 동시에 내가 기혁 씨에 대한 사연을 늘어놓았던 언니가 들어오고 있었다.

난 "어서오세요" 하고 전화를 받았다.

"여보세요? 목소리 듣고 싶어서 전화했어요."

"어제 목소리 들었잖아요."

"하루에 여러 번 정도는 듣고 싶네요."

"그럼 그동안은 얼굴도 못 보고 목소리도 못 듣고 어떻게 살았어요?"

"그래서 내가 많이 늙어 버렸잖아요."

"내가 봤을 땐 그냥 그 나이 정도로 보이던데요."

"우리 언제 만나요?"

"시간 내서 아무 때나 가게로 오면 되잖아요."

"그럼 토요일에 갈게요."

"네, 그렇게 하세요."

통화내용을 듣고 있던 언니는 모든 것을 다 알고 있다는 것 같이 환한 미소를 지으며 말했다.

"그것 봐, 내 말이 맞잖아."

"이게 다 언니 덕분이에요."

"안 그래도 내가 그게 궁금해서 오늘 한번 와 봤는데 이렇게 되었구먼. 언제 전화했어?"

"언니랑 대화 나누고 나서 이틀 후에요."

"전화하니까 처음에 반갑게 받아?"

"아니요, 그냥 생판 모르는 사람처럼 행동하던데요."

"일부러 그랬겠지."

"본인 입으로도 그렇게 말했어요."

"보고 싶었던 사람 만나니깐 어때?"

"저를 보면 알 수 있잖아요."

"그러네, 삶에 활력이 있어 보이네."

"그렇죠?"

"그 사람이 뭔데 사람을 이렇게 바꿔 놓을 수 있을까?"

"마음의 병을 치료하는 약인가 보지요. 물론 이건 나한테만 해당되는 일이지만."

"누구는 좋겠다. 옛 애인 만나서."

"그럼 언니도 찾아서 만나면 되잖아요."

"나는 그런 사람이 없는데."

"설마."

"사랑하는 사람이 없었으니까."

"진짜예요?"

"자기처럼 난 그렇게 못 잊는 남자가 없다 이거지."

"어떻게 보면 그게 더 행복한 일인지도 몰라요."

"그래? 그럼 나는 행복한 사람인가 보지 뭐."

"그 행복 저에게 주면 좋겠네요."

하늘에 시커먼 구름이 잔뜩 끼어 있던 수요일이었다.

오후부터 굵은 장맛비가 쏟아졌다.

그가 토요일에 온다고 했지만 비가 내리자 오늘 왔으면 하는 생각이 간절해졌다.

그래서 망설이다가 내 기분대로 그에게 전화를 걸었다.

"여보세요."

"토요일 약속을 앞당겨서 오늘 만나면 안 돼요?"

"그래, 알았어."

그는 내 남편이라도 되는 것처럼 이제는 자연스럽게 말도 나렸다. 오전까지는 이랬어요, 저랬어요 했던 그가 부드럽고 다정한 목소리로 말을 내리니 왠지 모르게 나도 편안한 느낌이 들었다.

나는 거울을 보며 예쁘게 머리도 만졌다.

비는 폭포수같이 쏟아져 내리고 있었다. 그가 빨리 보고 싶어졌다. 긴 세월동안 오고가는 소식 없이 살아왔지만 시간이 왜 그렇게 길게 느껴지는지….

그때 도착했다는 전화가 걸려왔다.

"역 앞으로 나와."

"알았어요."

나는 우산을 들고 서둘러 나갔다. 그는 오는 길이 힘들었다는 표정을 지으면서도 미소 짓는 얼굴로 나를 반겨주었다.

"미안해요. 비가 많이 오는데 오늘 오라고 해서."

슬픈 그녀의 행복 205

"아니야, 내가 좋아서 온건데. 우리 어디로 갈까?"

"가까운 카페로 가요."

"어디 분위기 좋은 데 있어?"

"비 오니깐 그냥 아무 데나 들어가요."

"그래, 그렇게 하지."

우리는 눈앞에 보이는 가까운 거리에 있는 곳으로 발걸음을 향했다. 그런데 날씨와 분위기가 딱 맞아떨어지는 곳으로 들어가게 되었다. 우리는 전망이 좋은 자리를 찾아 앉았다. 그리고 차를 시켜놓고 나는 재촉해서 그동안 궁금했던 것들을 물어보았다. 결혼 전에 만났던 그 시절처럼 나도 말을 내렸다. 그리고 부드럽고 낮은 목소리로 말했다.

"우리가 마지막으로 얼굴 봤던 날 생각나?"

"응."

"그때 나한테 집에 돌아가 있으라고 했잖아. 3일 안으로 연락 준다고. 그런데 왜 전화 안 했어?"

그는 한참동안 머뭇거리다 민망하다는 듯이 고개를 살며시 떨구었다.

"왜 말 안 해?"

"……."

"나는 그걸 지금까지 궁금해 하면서 살아왔어. 고모님하고 같이 살 것도 아닌데 왜 나를 버리고 고모님을 선택할 수밖에 없었는지 이해가 가지 않았어. 말해 줘."

"내가 그때는 그럴 수밖에 없었어."

"뭐 때문에?"

"그야 고모 때믄이지."

"고모님이 어떻게 했는데?"

"내가 고모 말만 믿었던 게 잘못이야. 그걸 언제부터 알게 됐냐면 결혼생활 후에 알게 되었어."

"뭘?"

"고모가 거짓말을 잘 한다는 걸. 그래서 가족과 친척들 사이도 나빠지고 나하고도 사이가 안 좋아."

"그럼 우리가 헤어질 무렵에도 나에 대한 없는 거짓말들을 많이 했겠네?"

"응, 그랬어."

"어떤 말을 했는데?"

"그건 묻지 마."

"고모님이 나에 대해 어떤 심한 말을 했는지 궁금해."

"다 지난 일이잖아. 알아서 뭐해."

"그래도 어느 정도 심하게 했는지 알고 싶어."

"그냥 다 잊어버려."

"내 말에는 믿음이 안 가고 고모님 말은 다 믿어졌네?"

"그렇게밖에 될 수 없었어."

"왜?"

"고모는 친자식코다도 나한테 정말 잘해 줬거든. 그래서 고모 말이면 다 믿게 되었어. 그런데 세월이 지나면서 어떤 게 거짓말이고 어떤 것이 진실인지 다 알게 되었어. 그래서 내가 지금 후회하고 있잖아."

"무슨 후회?"

"내 여자를 남한테 빼앗겼다는 거."

"진심인지 거짓말인지 믿을 수가 없네."

"정말이야. 내가 지금 살고 있는 애엄마하고도 좋아서 결혼한 게 절대 아니야."

"그럼?"

"그냥 서연 씨를 잊기 위해서 아무 여자나 만나 살아야지 하고 맘에도 없는 사람하고 결혼했어."

"그런데 애를 세 명이나 낳았어?"

그는 황당한 표정으로 나를 빤히 쳐다보았다.

"그래서 아무 여자나 만나 살다 보니까 가슴속에서 나라는 여자가 사라졌어?"

"…아니."

"그럼 어떻게 살았는데?"

"얼마 전까지만 해도 꿈속에서 서연 씨가 나타났어."

"그건 늘 마음속에 품고 있을 때 꿈속에서 나타나는 건데."

'맞아. 내가 그렇게 살아왔어.'

이제까지 나만 못 잊고 사는 줄 알았는데 서로 똑같은 입장이었다니 기분이 날아갈 것만 같았다.

"얼마 전에 어떤 꿈을 꾸었는데?"

"시냇물이 흐르는 냇가 옆에 도로가 있었어. 근데 그 길로 서연 씨가 자전거를 타고 가는 모습을 봤어. 진짜 현실에서 보는 것처럼."

"기분 좋았겠네."

그는 환한 얼굴로 나를 보며 방긋 웃었다.

"응, 그렇게 꿈속에서라도 만나니까 정말 좋았어."

"진짜?"

"사실이야. 그리고 항상 내 마음속에선 언젠간 꼭 한번 만나겠지 하고 늘 그런 생각을 품고 살아왔거든."

"근데 꿈이 그대로 이루어졌네?"

"간절한 마음이 있었으니까."

"고모님은 어떻게 사시고 계셔? 그 집에서 지금도 살고 계셔?"

"응. 그런데 고모도 참 안됐어…."

"왜?"

"고모부가 바람이 나서 이혼하고 딴 여자랑 살림 붙여서 살아."

"언제부터 그렇게 되었는데?"

"막내 조카가 고등학교 때 그렇게 됐어. 그래서 조카가 방황도 많이 하고 학교도 다니다 말고 가출하고 그랬어."

이때 나는 생각했다.

'나의 아픈 상처를 고모님이 돌려받는구나. 서로 죽고 못 사는 사이를 이간질시켜서 강제적으로 뜯어 놓더니만 그 불이 자기 앞으로 떨어지는구나.'

그러나 한편으론 나의 가슴에 응어리졌던 것이 얼음 녹듯이 녹아져 내리는 느낌이 들었다.

"상황이 그렇게 됐으면 고모님은 지금 어떻게 사시고 계셔?"

"식당에 나가고 있어. 여태까지 남의 일이라곤 한 번도 안 해본 사람이라 힘들어서 죽으려고 그래."

"고모부께서 생활비 아무것도 안 주나 봐?"

"자식들 보러 한 번도 안 오셨어."

"그 정도야?"

"응."

"왜 그렇게 됐는데?"

"난 고모한테 문제가 있다고 생각해."

"나도 그 생각했는데."

"그걸 어떻게 알아?"

"생각 안 나?"

"무슨 생각?"

"우리가 마지막 헤어지는 날 나한테 있는 욕 없는 욕을 다 퍼부어 가면서 남의 가슴에 못 박았잖아. 또 기혁 씨한테도 손찌검을 하면서 우리 둘 사이를 갈라놓았잖아. 그게 얼마나 나에게는 한이 맺혔는데."

"그랬겠지."

"그 행동이 어디 가겠어? 고모부한테도 그렇게 하셨으니까 부드러운 여자를 만나 사시는 거지."

"우리 고모 얘기는 그만 하자."

"알았어. 안 할게."

"어머님은 건강하시고?"

"응."

"지금은 어디에 계시는데?"

"서울에 계셨다가 시골에 왔다 갔다 하시면서 사시고 계셔."

"예전에 어머님이 담궈 주신 ○○○꽃술을 먹고 나서 지금까지 한 번도 허리가 아파 본 적이 없어."

"정말?"

"진짜라니까. 그래서 늘 어머니께 고맙게 생각하고 있어."

"평생 가도록 안 잊혀지겠네?"

"응."

"할머니는 어디에 계셔?"

"시골에."

"할머니는 나중에 누가 모시기로 했어?"

"몰라."

세상이 달라진 만큼 그의 마음도 변해 있었다. 그가 그토록 사랑하는 여인이 할머니라고 했는데 지금은 아닌 것 같아 보였다.

"할머니를 제일 좋아했잖아."

"지금은 아니야."

"왜 그렇게 됐어?"

"내가 이제까지 할머니 말만 듣고 아버지에 대한 원망을 많이 했는

슬픈 그녀의 행복 211

데 알고 보니까 그게 아니었어."

"뭐가?"

"아버지 때문에 엄마가 충격을 받아서 돌아가신 걸로 알고 있었는데 할머니께서 없는 말을 나에게 하셨던 거야. 그래서 할머니하고는 멀어지고 아버지하고는 오해가 풀려서 사이가 더 가까워졌어."

"기혁 씨 왜 그래?"

"내가 뭐?"

"왜 한쪽 말만 듣고 한쪽 사람은 나쁜 사람으로 취급해 버려? 우리 사이 일에도 내 말은 하나도 인정 안 하고 고모님 말만 듣고 나를 나쁜 여자로 취급해 버렸잖아. 그래서 우리가 헤어지게 된 거잖아. 안 그래? 그래도 할머니한테 그러면 안 돼. 할머니께서 기혁 씨를 키워주셨잖아. 어떤 상황이 됐든 은혜를 원수로 갚으면 안 되지. 그러니까 할머니께 잘 해드려."

그는 나의 화난 모습에 황당한 표정으로 멍해 있었다. 그러다가 들릴 듯 말 듯한 가라앉는 목소리로 "말이라도 그렇게 해줘서 고마워. 노력해 볼게"라고 말하고는 또다시 심각한 얼굴로 말했다.

"…우리 이젠 두 번 다시 헤어지지 말자."

"그럼 우리 앞으로 어떻게 하자고?"

"목소리도 자주 듣고 가끔 얼굴 보면서 살게. 그냥 편안하게 친구처럼 생각하면서."

"과연 어디 그게 그렇게 될까?"

"될 수 있어."

"뭐 때문에?"

"난 이제까지 결혼하고 나서 딴 여자하고 차 한잔 마셔본 적이 없으니까."

"그걸 내가 눈으로 안 본 이상 어떻게 믿어?"

"사실이야."

"사람이 살다 보면 유혹에도 넘어갈 때가 많이 있었을 텐데."

이때 그는 수심이 가득 찬 얼굴로 이렇게 사는 것이 싫다는 표정을 지으며 심각하게 말했다.

"…나는 할아버지나 아버지 같은 인생이 싫어. 그래서 나만큼은 내 아들에게 그런 내력을 물려주지 않겠다고 내 자신고- 약속하면서 앞만 보고 살아왔거든."

"그러면 나도 만나지 말아야지. 왜 나를 만나려고 그래?"

"상황이 다르잖아."

"뭐가 다른데?"

"원래는 내 여자였으니까."

"왜 이제 와서 그런 말을 하는데? 처음에는 내가 먼저 헤어지자고 했지만 나를 나중에 버린 사람은 기혁 씨잖아."

"이게 다 고모 때문에 이렇게 된 거잖아."

"누구 탓할 거 없어. 정말 기혁 씨가 나를 사랑했다면 고모님이 어떤 말을 해도 나를 선택했어야 하는 건데 그게 아니었잖아."

"나한테는 그때 상황이 그럴 수밖에 없었어."

"그건 다 핑계야."

"지금 내가 어떤 마음인 줄 알아?"

"어떤 심정인데?"

"아들만 낳지 않았더라면 지금이라도 당장 내 여자를 뺏어오고 싶은 심정이야. 하지만 아들 때문에 그렇게 할 수가 없어. 내가 아들한테까지 또 집안 내력을 물려줄 수는 없으니까."

"그럼 아들만 아니면 모든 것을 다 버릴 수 있다는 거네. 딸도? 부인도?"

"그렇다고 봐야지."

"누구 맘대로? 나는 그 정도는 아닌데. 이제까지 난 남편과 자식을 버리고 살 수 있다는 생각을 한 번도 해본 적이 없어. 아무리 옛 애인이 좋아서 죽고 못 사는 사이가 된다 할지라도 어떻게 자식을 버리고 남편이나 마누라를 버려? 그건 마음이 독한 사람이나 할 수 있는 일이지 나같이 마음 약한 사람은 눈에 밟혀서 하루도 못 살아. 지금 내가 하고 있는 행동도 나쁜 거지만 그래도 가정의 평화를 위해서 몰래 하면 약이 되니까 이렇게 살짝 얼굴만 보면서 살면 되지 않을까? 그러니까 무섭고 끔찍스러운 생각은 하지 마."

"안 할려고 해도 질투가 생기는데? 내 여자를 남의 남자가 데리고 살고 있으니까."

"이건 현실이야. 법적으로 따지면 우린 남의 남자, 남의 여자가 맞고. 우리 두 사람 사이에는 내 여자, 내 남자란 생각이 당연히 들 수가 있어. 그래도 법적으로 생각하면서 살아야 되지 않을까? 엄연히 우린 남의 여자, 남의 남자다 하고 말이야."

그는 아무 말이 없었다.

내 말이 서운하다는 것처럼 두 눈을 둥그렇게 뜨고 멍하니 쳐다만 보고 있었다.

여름날의 두 번째 이별

푸름이를 한번 보고 싶어 했던 그가 놀이공원으로 놀러 가자고 하여 며칠 전부터 약속이 되어 있었다. 그래서 푸름이와 조카들을 데리고 공원으로 자전거를 타러 나갔다. 이날은 초복이었는데 날씨는 흐렸다 맑았다를 반복하며 변덕스러웠다.

아이들은 누군지 영문도 모른 채 "엄마, 누구야?" "이모, 누군데?" 하며 물었으나 아무 말도 못했다.

그는 조카를 보고 반가워 놀란 듯했다.

"소라 많이 컸네? 4살 때 보고 지금 처음 보는 건데 몰라보게 커버렸네. 나 모르겠어?"

"네, 전혀 생각이 안 나는데요."

"그렇겠지. 너 4살 때 세 번 보고 지금 처음 보는 거니까. 당연히 모르겠지. 푸름이는 몇 살이야?"

"……."

"엄마, 아빠 중에 누구 닮았어?"

"남들이요 엄마, 아빠 골라서 닮았대요."

"그래? 좋겠네. 여기는 누구야? 소라 동생이야?"
"네, 제 동생 소은이에요."
"소은이는 엄마를 많이 닮았네?"
애들은 쑥스러웠는지 아무 대답도 하지 않았다.
그렇게 애들은 놀게 하고 우리는 벤치에 앉아 옛 생각을 떠올리며 대화를 나누었다. 그런데 그때 핸드폰 벨이 울렸다. 불편한 전화였는지 그는 받을까 말까 망설이는 표정을 짓더니 받지 않았다.
"누구야?"
"…집사람."
"근데 왜 전화 안 받아?"
"그냥."
"싸웠어?"
"그건 아니야."
그는 멍한 생각에 빠져 아무런 말이 없었다.
"원래 집에서 전화 자주 해?"
"응."
"어느 정도?"
"몰라. 묻지 마."
"뭐 때문에 그래?"
"마음이 불안하나 봐."
"바람피울까 봐?"
"항상 불안증에 시달려 살아."

"그럼 의부증이네?"

"……."

"언제부터 그랬어?"

"안 그랬었는데 큰애 낳고 나서부터 계속 그래. 내가 대문 밖에만 나가도 아빠한테 가보라고 애들을 딸려 내보내. 내가 비밀전화라도 할까 봐서 그러나 봐."

"자유도 없이 어떻게 그렇게 살아?"

"그래서 많이 피곤해. 어디에서 온 전화만 받아도 내 옆에 와서 핸드폰에 귀를 대고 목소리가 여자인지 남자인지 확인하려고 그래."

듣고 있다 보니 심하다는 생각이 들었다.

"이제까지 그렇게 비위를 맞춰 가며 살아왔어?"

"그럼 어떡해. 집안이 편안하기 위해서는 맞춰 줘야지."

"그게 무슨 소리야. 따귀를 확 갈겨서라도 버릇을 고쳐 놔야지. 그 비위를 숨통 터지게 다 맞춰서 살고 있어?"

"나도 별짓 다 해봤어. 화가 나니까. 한번은 그 버릇을 고치려고 둘째가 세 살 때였는데 집에 있는 야구방망이로 살림살이를 하나도 남김없이 다 때려 부숴 버렸어. 그땐 정말 한계가 와서 나도 지쳤는지 눈에 보이는 게 하나도 없었거든."

"잘했어. 내 속이 다 시원하네."

그는 내가 말하는 게 서운하다는 듯 나를 빤히 쳐다보았다.

"미안해. 내가 말을 그렇게 해서. 그건 자기 자신도 피곤할 뿐만 아니라 상대방도 죽이는 일이잖아."

"그래, 그 말이 맞아."

"그러고 보니 기혁 씨 참 불쌍하게 살고 있네. 우리도 신혼 때는 그랬지만 지금은 안 그래."

"……."

"그니깐 비위 다 맞춰 가면서 살지 말고 내버려 둬."

"안 돼."

"왜?"

"남들이 그러는데 그런 사람들은 마음 편하게 해주지 않으면 더 심각해진대."

"그렇다고 언제까지 그걸 다 맞춰 주면서 살건데?"

"그래서 내가 사는 데 지쳐 가고 있어."

"근데 그렇게 된 이유가 뭐야? 바람피우다 들통이라도 났어?"

"내가 전에도 말했잖아. 난 이제까지 살면서 딴 여자랑 차 한잔 마셔본 적이 없다고."

"그런데 왜 그라?"

"내가 다른 여자한테 관심 가질까 봐 불안한가 봐."

"이유가 뭐야?"

"나도 몰라."

나는 이때 잠깐 생각에 잠겼다. 이별한 후 난 그가 얼마나 예쁜 여자를 만났을까 항상 궁금했었다.

"얼굴 예뻐?"

"내가 원하던 스타일은 아니야."

"기혁 씨 예쁜 여자 싫어하잖아."

"예쁘고 그런 거 떠나서 나는 분위기 있고 매력적인 사람이 좋아."

"그럼 좋아하지도 않는데 왜 결혼했어?"

"내가 말했잖아. 서연 씨를 잊기 위해서 그냥 아무 여자나 만나서 결혼했다고."

"다음에 올 때 사진 한번 가져와 봐."

"지금 차에 있어."

"진짜? 근데 왜 사진을 차에 가지고 다녀?"

"집사들만 찍어서 올려놓은 교회 수첩이야. 거기에 집사람도 있거든."

"그래?"

애들은 재미있다는 듯 정신없이 자전거를 타고 넓은 광장을 몇 바퀴씩 돌고 있었다. 나는 수첩에 있는 그 여인이 보고 싶어 재촉했다.

"그동안 내가 얼마나 궁금했었는데."

그는 그래도 아무 대답 없이 앞만 바라보고 있었다.

"사진 좀 보여줘. 궁금해."

"그렇게 보고 싶어?"

"당연하지."

"그냥, 다음에 보여줄게"

"아니, 지금 보여줘."

"…알았어."

우리는 잠깐 차 속에 들어가 수첩에 있는 사진을 보았다.

"여기에서 어떤 사람이야?"

"알아맞혀 봐.'

"내가 어떻게 알아."

"…이 사람이 내 엄마야."

사진 밑에 이름이 쓰여져 있었다. 어느 누가 들어도 쉽게 기억되는 이름이었다.

나는 사진과 이름을 보고 그냥 살며시 미소만 지어 주었다. 만약에 그 여인이 예뻤더라면 질투가 났을 텐데 그나마 다행이었다.

"고향이 제주도 사람이라 성격은 좋겠네?"

"안 그래. 매사에 신경질적이야."

"그거야 당연하지."

"왜?"

"사람 굿 믿고 마음이 불안하면 신경이 예민해져서 신경질적으로 변해."

"그건 맞는 말이야. 처음엔 성격이 느긋하고 차분했었거든. 물론 애를 세 명이나 낳아 기르다 보면 변할 수도 있지만… 근데 우리 처갓집이 10남매거든. 장인어른이 한 집에서 마누라를 두 분 데리고 사셨어."

나는 이때 깜짝 놀랐다. 어쩌면 이건 분명 정해진 운명인 것 같아 보였다. 그는 부인과 같은 처지여서 집안 문제로는 싸울 흉이 없을 것 같아 보였다.

나는 어느 누구한테나 우리 집안일을 말하고 싶지 않았다. 그래서 그는 아직까지도 나의 집안환경에 대해 전혀 모르고 있었다.

"우리 집안도 이렇게 핏줄이 달랐어. 그래서 내가 예전에 기혁 씨에게 헤어지자고 했던 것이었어"라고 말할 수도 있었지만 입에선 말이 나오지 않았다.

속마음을 털어놓았더라면 그때 내가 헤어지자고 했던 과거 일을 이해했을 텐데….

그는 자기만큼은 할아버지나 아버지처럼 아들에게 대를 물려주지 않을 거라는 각오 때문인지는 몰라도 점잖은 사람이었다.

우리는 차 안에서 사진을 보고 아이들이 있는 쪽으로 서서히 걸어갔다.

그런데 그에게서 또 핸드폰 전화벨이 울리는 소리가 들려왔다.

"어디에서 온 전화야?"

"집사람이야."

"전화 받아."

"받아서 뭐라고 그래?"

"글쎄. 나도 할 말 없네."

"그냥 안 받을래."

"그럼 집에 가서 물어보면 옛 애인을 만났다고 사실대로 말해야 되겠네?"

"안 그래도 저번에 어디 갔다 왔냐고 물어보길래 애인 만나고 왔다고 그랬지."

"그러니까 뭐래?"

"어이가 없다는 표정으로 그냥 웃기만 했어."

"의부증이 심한 사람한테는 그런 농담도 하지 말어."

"이건 농담이 아니잖아. 사실인데. 그래도 변명보다는 이렇게 애인 만나고 왔다고 하는 게 훨씬 나을 수도 있어. 그래야 의심을 안 하잖아. 그런데 요즘 집사람 눈치가 좀 이상해."

"어떤데?"

"한번은 식은땀을 흘리면서 끙끙 앓고 누워 있었어. 아마 요즘 내가 수상하게는 보이는데 나한테 묻지는 못하고 혼자 고민하다 아픈 것 같아 보였어. 내 행동이 뭔가가 달라 보였나 봐."

"사람은 다른 건 다 속여도 사랑만큼은 속이지 못한대. 그냥 표 안 나게 행동을 해도 가만히 있어도 표가 나기 대문에 예민한 여자들은 육감이란 게 있거든. 눈치 빠른 사람도 그렇지만 특히 의부증이나 의처증은 더 빨리 오지. 만약에 알게 되면 어떻게 할 건데?"

"그런 생각은 해본 적 없어서 몰라. 생각하는 거 자체도 싫어."

"만약을 대비해서 말이야."

"운명으로 받아들여야지."

"그러니까 그러기 전에 무 자르듯이 중간에 어느 누구 한 사람이 먼저 잘라 버리면 되잖아. 길게 가지 말고."

"이젠 내 힘으로는 못 헤어져. 누가 아무리 말려도 내 인력으로는 안 될 것 같아."

이 말을 들은 나는 약간은 무서운 생각이 들었다.

그는 내 생각과 달랐다. 비록 이제까지 내가 가슴 한켠에서 못 잊고 살아왔지만 그래도 진짜 소중한 건 내 남편과 내 자식이었다. 혹시나 들통이 날까 봐 겁이 났다. 하루하루가 너무나 빨리 지나가고 있었다.

우리가 여름날에 헤어져 또다시 여름날에 만나 친구처럼 지내고 있지만 자꾸만 불길한 생각이 들었다. 어떻게 보면 양쪽 부인과 남편이 감시 카메라가 되어 꼭 우리를 관찰하고 있는 것만 같았다. 서로 만나서 대화만 나누고 있지만 그래도 가슴속으로는 어느 누구보다도 애절한 사랑이었기에 죄책감이 들었는지는 몰라도 느낌이 이상했다. 꼭 들통이 날 것만 같이….

하루하루 새가 나는 것처럼 즐거웠다. 그런데 언제부턴가 남편은 근심이 가득 찬 얼굴로 말이 없어졌다. 그리고 고개를 푹 숙이고 다니는 행동을 보였다.

처음에는 무슨 걱정이 있나 보다 하고 생각하고 있었는데 며칠이 지나도 모습은 똑같았다. 그래서 이유를 물어보았다.

"무슨 걱정이라도 있어?"

"아니."

"그런데 왜 그렇게 고개만 숙이고 다녀?"

"그냥."

"이유가 뭔데?"

"아무 이유도 없어."

"그건 아닌 거 같은데? 무슨 사고라도 쳤어? 아니면 실연이라도 당했어?"

"내가 그렇게 보여?"

"응."

"그럼 내가 실연당한 게 맞나 보네."

"누구한테 당했는데?"

"몰라."

아무라도 내가 봤을 때는 남편이 좀 수상했다. 원래 성격이 결벽증에 가까운 사람이었다. 그런데 아무 벤치에나 드러누워 하늘만 쳐다보며 절망적인 모습을 하고 있었다. 그리고 다른 때와는 달리 안 하던 행동을 했다. 밖에 외출할 때 손을 잡거나 어깨에 손을 올리고 떨어지지 않으려고 애를 썼다. 그러면서 성격은 더 차분해지고 느긋했다.

어느 날 우리는 가족끼리 여의도 공원에 가서 자전거도 타고 푸른 잎들을 바라보면서 편안한 휴식을 취하며 즐겁게 시간을 보내고 있었다. 이때도 남편은 내 손을 꽉 잡고 놓지 않으려고 했다.

"손 놔. 남이 볼 땐 불륜이라고 오해하니까 이 손 놓고 가."

"싫어."

"왜?"

"좋으니까."

"갑자기 왜 안 하던 행동을 하고 있어? 전에는 안 그랬잖아."

"그래서 지금이라도 하고 싶어서 그래."

슬픈 그녀의 행복 225

푸름이는 자전거를 타고 노느라 옆에 없었다. 난 남편이 잡는 손을 차갑게 뿌리쳐 버렸다. 그런데 그는 또다시 나의 곁에 다가와 어깨에 손을 올렸다.

"왜 그래 귀찮게. 날씨도 더운데 좀 떨어져서 가. 우리가 지금 신혼이야?"

그는 한심스럽다는 듯 눈살을 찌푸렸다.

"이 사람아, 이게 뭐가 어때서 그래. 남들도 다 저렇게 다니잖아."

"그러니까 보기 안 좋잖아. 20대 연인 사이도 아니고 나이 먹은 부부가 그러면 남들이 볼 땐 불륜이라고 오해할 수도 있어. 옆에 애가 있으면 몰라도 둘이 있을 땐 진짜 싫어."

"왜 싫은데?"

"남들이 우리들한테 집중하잖아. 저게 불륜일까 부부일까 관찰하면서 우리만 쳐다본단 말이야."

"그러면 뭐 어때. 내가 좋은데."

"맨날 한 집에 붙어서 사는 사람인데 뭐가 그렇게도 좋아?"

"다 좋아."

"내 성격이 그렇게 개떡 같은데도?"

"응, 싸울 때는 어쩌다가 내가 저런 여자를 만났을까 생각하다가도 화가 풀리고 돌아서고 나면 마냥 좋아."

"이유가 뭐야?"

"사랑하니까."

그는 살면서 내게 사랑한다는 말을 자주 하곤 했었다. 그리고 한

결같이 자상하고 집안일도 잘 도와주고 인정 많은 사람이었다. 이런 착한 남편을 두고 옛 애인과 만나고 있으니 나도 한편으로는 마음이 편치가 않았다.

　죄책감과 미안함 때문에 내 자신도 힘들고 괴로웠다. 그냥 모르면 약이 되지만 알고 나면 어느 누구나 입장을 바꿔 놓고 생각해 봐도 이건 용서가 안 되는 일이었다. 그래서 기혁 씨와 만나는 것이 기쁨 반 고통 반이었다.

　여름날의 푸른 잎사귀는 너무나도 푸르렀다. 우리는 벤치에 앉아 나뭇잎들을 바라보며 서로가 말이 없었다.

　그러다가 한참 후 남편이 말했다.

"사랑해."

"도대체 왜 그래?"

"뭐가?"

"다른 때보다 사람이 좀 이상하잖아. 행동도 그렇고 딴 사람이 된 것 같잖아."

"내가 그렇게 보여?"

"그래."

"자기를 행복하게 해주지 못해서 미안하니까 그렇지."

"그 정도면 됐지. 나한테 얼마나 더 잘해 주려고 그래?"

"지금까지 고생만 시켰잖아. 내 마음 같아서는 자기를 안방마님 만들어 주고 싶은데 인생살이가 내 마음처럼 뜻대로 안 되네."

"안 되는 걸 되게끔 노력하면서 사는 게 인생의 행복이잖아."

"힘들어도 조금만 참아. 내가 꼭 안방마님 만들어 줄게."

"어떻게 해서?"

"복권 당첨돼서."

"말도 안 돼. 우리 같은 사람한테 아무 노력 없이 복을 줄 거 같아? 우리한테는 그런 복 없어. 그러니까 쓸데없는 생각 하지 마."

"그래도 혹시 알아? 사람 일은 모르잖아."

"나는 알아. 우리한테는 그런 복 없어."

그는 어떻게 하면 나를 행복하게 해줄 수 있을까 하고 노력하면서 열심히 살아왔던 사람이었다.

그런데 나는 지금 무슨 행동을 하고 있는 걸까?

우리는 휴식을 취하고 집으로 돌아왔다.

그런데 갑자기 그가 땅이 꺼질 만큼 한숨을 푹 쉬었다. 그리고 하는 말이 "가족끼리 놀다 오니까 행복하다"라는 말을 반복하는 것이었다.

그러다가 말에 더욱 힘을 주며 "오늘 같은 시간이 정말 행복하다. 앞으로도 이렇게 살 수 있다면 얼마나 좋을까?"라고 말하는 것이었다.

"그럼 가족이 함께 놀면 행복하지 안 행복해?"라고 하자 내 말이 끝나기가 무섭게 말했다.

"언젠가는 갈 거잖아."

"그게 무슨 소리야?"

"자기가 더 잘 알잖아."

"내가 뭘 알아? 무슨 뜻이야? 말을 해야 알지."

"그래도 모르겠어?"

"응. 말해 봐."

"싫어."

"사람 궁금하게 해놓고 왜 말을 안 해?"

"그냥 하기 싫으니까."

"그럼 아예 말을 꺼내지 말아야지."

"자기 스스로 언젠가는 알게 되겠지."

"정말 사람 답답하게 할 거야?"

그는 끝까지 입을 다물고 있었다. 나는 화가 나기 시작했다.

"말을 해! 말을 하란 말이야."

한참 후에 그가 애처로운 목소리로 말했다.

"언젠가는 나를 버리고 갈 거잖아."

"내가 자기를 왜 버려? 말도 안 되는 소리 하고 있어."

"지금까지 마음속에서 사랑했던 사람한테 돌아갈 수도 있잖아."

"도대체 그게 무슨 소리야? 말을 해봐."

"입에서 말이 안 나오는데….'

"그럼 쓸데없는 엉뚱한 소리는 왜 하는 건데?"

"그게 지금 현재 사실이니까."

"정말 사람 답답하게 할 거야? 말을 해!"

이때 내 목소리가 커지자 남편은 '019-○○○-○○○○' 이 번호만 말하고 아무 말도 하지 않았다. 나는 번호를 듣는 순간 심장이 멎어

버리는 것 같았고 소리 없이 일어나 안절부절못하고 왔다갔다 하며 속으로 투덜거렸다.

'언제 알았을까? 그 번호가 어떻게 기혁 씨인지 알았지? 이젠 어떡하지? 나는 이젠 죽었다. 뭘로 어떻게 변명을 해야 될까?'

앞이 캄캄하고 아무 생각도 나지 않았다. 그러다가 난 앞뒤가 맞지도 않는 변명을 하고 말았다.

"그 사람은 친구 남편이야. 이름이 똑같은 사람이 또 있거든. 오해하지 마 진짜야."

남편은 아무 말도 하지 않고 있었다. 그냥 고개만 숙인 채 화도 내지 않았고 꼬치꼬치 캐묻지도 않았다.

차라리 나를 귀싸대기 한 대라도 날리면 속이 시원할 텐데 참고 있는 모습이 나를 더 불안하게 하고 초조하게 만들었다.

잠이 오지 않아 나는 뜬눈으로 밤을 지새웠다. 아침이 되어도 일이 손에 잡히지가 않았다. 염려와 불안 속에서 앞으로 어떻게 해야 될지 막막하기만 할 뿐이었다.

'사실대로 말해 버릴까? 아니야 그건 안 돼.'

고민하다가 '에따 모르겠다 이판사판이다' 하고 마음을 독하게 먹었다.

"앞으로 어떻게 할 건데?"

"뭐가?"

"그 핸드폰 번호 만약에 기혁 씨가 맞다면?"

"나는 보름 전부터 알고 있었어."

"어떻게 알았어?"

"자기가 좀 수상하게 행동을 했거든."

"어떤 면에서?"

"손에서 핸드폰을 놓지도 않고 있었고 또 뭔가에 쫓기는 사람처럼 안절부절못할 때가 많았어. 그래서 그 모습이 이상해서 핸드폰을 봤는데 똑같은 번호가 많아서 그 번호로 전화해서 혹시 기혁 씨가 아니냐고 물어봤는데 맞다고 그러더라. 난 그걸 알면서도 보름동안 이걸 어떻게 해야 되나 고민을 많이 했었어."

"그럼 앞으로 어떻게 할 건데?"

"뭘 어떡해?"

"이 일이 용서가 돼?"

"그러니까 앞으로 연락도 하지 말고 만나지 마. 부탁이야."

이렇게 말하는 그가 너무 고마웠지만 한편으로는 이해가 가지 않았다.

얼마나 질투가 많은 사람이었는데 어떻게 참을 수 있었을까? 그리고 화도 내지 않고 차분한 목소리로 나에게 대하는 모습이 어떻게 보면 사람이 아니고 천사 같다는 생각이 들었다.

"근데 왜 알고 있으면서도 보름 동안 말하지 않았어?"

"그냥 모른 척하고 싶었거든."

"왜?"

"나는 당신을 사랑하니까."

"사랑한다면 처음에 알고 있었을 때 말렸어야 됐었잖아."

"그렇게 하고 싶지는 않았어."

"나를 사랑한다면서 왜?"

"그러니까 못한 거지."

"뭐 때문에?"

"당신이 기혁 씨를 죽도록 사랑하는 거 같으니까. 내가 사랑하는 사람을 위해서 그쪽으로 보내주는 게 도리인 것 같아서 그랬어."

"말도 안 돼. 나 없이는 하루도 못 살고 폐인이 될 거면서 왜 그런 생각을 했어?"

"그렇게 보내놓고 나는 죽으려고 했지. 눈 뜨고는 당신 없이 하루도 못 사니까."

이때 나는 무서운 생각에 소름이 한순간에 확 몰려왔다. 어떻게 그렇게 끔찍한 생각을 하고 있었는지….

그래서 앞으론 절대 기혁 씨를 만나지 않을 거라며 내가 잘못했다며 용서를 빌었다.

"차라리 내 따귀라도 한 대 확 때려주지 왜 참고 살았어?"

"같이 안 살 거면 모를까 어차피 같이 살 바엔 용서하는 게 가정을 더 편안하게 하는 거잖아."

"신이 아니고 인간이라 그게 그렇게 쉽게 되진 않았을 텐데."

"당연히 기분 나빴지. 이제까지 살면서 마음은 옛 애인에게 가 있고 나는 껍데기였다는 게 나를 비참하게 만들었고 배신감에 피가 거꾸로 솟아올랐었지. 그렇다고 해서 괴롭다고 내가 술 먹고 방탕하게 살면 당신이 내 곁에서 떠나갈까 봐 더 잘해 주려고 많이 노력했어.

그래서 힘들고 고통스러워도 술도 먹지 않았고 집안일도 다른 때보다 더 많이 도와주고 내가 더 부드러운 사람이 되려고 노력했고 어떻게 해서라도 가정을 깨트리지 않으려고 했어."

"누가 충청도 사람 아니라고 할까 봐 정달 양반다운 양반이네."

이때 남편의 눈빛은 지금까지 잘 참아왔다는 것을 내게 말해주는 것 같이 느껴졌다.

"사실은 머리가 많이 아파서 매일 약을 먹으면서 견뎌왔어. 나 혼자 끙끙 앓다가 병이 난 거지. 혹시 난 자기를 놓칠까 봐서 날마다 약을 먹지 않고는 견딜 수가 없었어."

"이 일을 알았으면 말을 하지 왜 바보같이 살았어? 차라리 나를 확 때려주던가 아니면 못 만나게 하던가. 뜯어말리지는 않고 왜 혼자 마음고생 했어?"

"그냥."

"그냥이라니. 그게 말이나 되는 소리야? 그대로 바라만 보다가 내가 그쪽으로 정말 가버리면 어떻게 하려고 모른 척하고 있었어?"

"사랑하니까. 사랑하는 사람을 행복하게 해주기 위해서."

"말도 안 돼. 그럼 약 먹을 정도로 아프지를 말았어야지."

"배신감, 질투심 때문에 그랬어."

이때 난 가슴이 찢어지게 아팠다. 그리고 기혁 씨에게 어떻게 말해야 할지 고민이 되었다. 만나서 말을 해야 될지 아니면 전화통화로 무 자르듯이 잘라야 될지 망설이게 되었다. 앞으로 기혁 씨를 더 만나게 된다면 나 자신을 용서할 수 없는 일이었다. 미래가 잘못될까 봐 염려가 되었다.

그리고 푸름이도 우리가 하는 말을 듣고 따져들기 시작했다.

"엄마 미워. 다른 사람들은 바람피워도 우리 엄마만큼은 안 그럴 거라고 믿고 있었는데 엄마한테 실망이야."

이렇게 말하면서 아빠 대신 잔소리를 했다. 또 전화통화만 해도 누구냐고 따지고 틈만 나면 "못된 엄마. 남의 남자한테는 애정을 다 쏟고 아빠와 나한테는 차갑게 툭툭 쏘아붙이고. 이 못된 엄마야!" 하며 불만을 구구절절 내뱉었다.

한번은 외출을 하고 집에 돌아오는 길이었다. 푸름이는 아무 말 없이 심각한 표정으로 고개를 푹 숙인 채 걸어가면서 말을 했다.

"엄마."

"왜?"

"난 엄마한테 깊은 상처를 받은 거 용서할 수 없어."

"무슨 상처?"

"엄만 알면서 왜 그렇게 말해?"

나는 알면서도 이게 무슨 말인지 모르는 척했다.

"푸름아, 너가 무슨 상처를 받았다고 그래? 말해 봐."

"엄마가 바람피운 거. 난 죽을 때까지 용서 못해. 지금도 엄마가 그랬다는 게 믿어지지가 않아. 그래서 더 실망이야."

"그건 바람피운 게 아니야."

"아빠가 있는데 딴 남자 만났잖아. 그리고 그 남자한테 애정을 다 쏟고 나한테는 맨날 혼내키기만 했잖아."

"너가 말을 안 들으니까 그렇지."

"거짓말 하지 마."

이후로 어린것이 나를 꼼짝도 못하게 하였다. 화장도 못하게 하고 집 근처 가까운 곳은 물론이고 아예 나를 밖에 못 나가게 만들었다.

"엄마 시장에 갔다 올게."

"가지 마."

"그럼 뭐에다 밥 먹게?"

"그냥 김치 한 가지에다 먹어도 좋으니까 집에 있어.'

"빨리 갔다 올게."

"시장 간다고 핑계대고 또 그 남자 만나러 가려고 그러잖아."

"안 그래. 엄마 믿어."

"내가 엄마를 어떻게 믿어? 이제는 절대 못 믿어. 그러니까 밖에 나가지 마."

"그럼 시장에 같이 가자."

"싫어. 지금 이 시간이면 텔레비전에서 재밌는 거 많이 하니까 안 돼. 그냥 엄마가 나가지 마."

"너 엄마한테 혼날래? 버릇없이 이게 뭐하는 짓이야!"

"그니까 왜 바람을 피워가지고 내가 이렇게 엄마를 못 믿게 만들어."

푸름이는 나를 붙들고 밖에 못 나가게 놔주지를 않았다. 그래서 한참 후에 몰래 나왔는데 울면서 뛰쳐나와 나를 붙잡아다가 다시 집으로 끌고 들어갔다. 그리고는 아예 꼼짝 못하게 내 옆에서 떨어지지를 않았다.

이제까지 지 아빠도 말 한마디조차 피곤하게 하지 않았는데 아이는 그게 아니었다.

그러던 중 나는 푸름이의 다이어리에 짧게 일기가 써 있는 것을 우연히 발견하게 되었다. 일기의 내용은 이러했다.

제목 : 세상 사람들을 믿는다는 것.
세상 사람들을 믿는다는 건 잘못된 일이다.
아무리 착한 사람이라 해도 우리 엄마, 아빠라 해도 언젠간 못 믿을 때가 있기 때문이다. 나는 내 자신도 못 믿는데….
착한 사람이라 해도 못된 짓을 못 한다는 법도 없고
엄마, 아빠라고 해서 바람을 안 피운다는 법도 없기 때문이다.

나는 이 글을 보고 마음이 아팠다.
물론 교육상에도 좋지 못한 행동이지만 어린것이 얼마나 큰 상처를 받았길래 그랬을까?
이때부터 정신이 바짝 들기 시작했다. 다시는 가족들에게 상처와 아픔을 주지 않겠다고 내 자신과 다짐했다. 그리고 기혁 씨와도 영원히 끝내야 되겠다고 생각하고 있었다.
그런데 어느 날 기혁 씨 부인과 통화하게 되었다.
화난 말투로 사이다처럼 톡 쏘아대며 말했다.
"이 여자야! 옛 애인을 그렇게도 못 잊어서 다시 찾았냐?"

나는 이때 미안하다는 말보다 감정이 삐딱하게 되어 나도 한마디 던지게 되었다.
"이 못난 아줌마야! 어쩌다가 잘생긴 신랑을 만나서 남편을 피 말려 죽이려고 대문 밖에도 못 나가게 만들고 있냐?" 하고 자존심 상하는 말을 해버리고 말았다.

기혁 씨 체면도 생각하지 않은 채 안 해야 될 말을 내뱉고 말았다. '혹시 내가 한 말 때문에 부부싸움을 하지는 않을까' 하고 그에게 미안한 생각이 들었다. 그리고 한번 정도는 만나서 작별인사를 해야 하는데 내 자신 스스로가 민망스러웠다.

'언제쯤 만나야 할까? 일주일? 아니면 보름 후에? 아니야 될 수 있으면 하루 빨리 만나서 정리를 해야 돼.'

갈등하고 있을 때 마침 기혁 씨한테서 연락이 왔다.

이 날은 날씨도 후덥지근하여 살갗도 끈적끈적거렸다. 나무 사이마다 매미들도 시끄럽게 울어댔다. 마치 예전처럼 우리의 슬픈 이별을 아는 것처럼….

그는 다른 때와 달리 기운이 없어 보였다. 얼굴에 수심도 가득했다.

"우리 오늘은 어디로 갈까?"

"아무 데나."

"그럼 우리 아이들이랑 놀러 갔던 곳으로 바람 좀 쐬러 갈까? 마음도 답답해서 넓은 데로 가고 싶어."

"……"

"무슨 일 있었어?"

"아니야 그냥. 근데 기혁 씨도 안 좋은 일 있는 거 같은데?"

"그렇게 보여?"

"응."

"그럼 그런가 보지."

그는 가을의 풀잎이 겨울을 맞이하는 것처럼 힘없고 서글퍼 보였다.

하늘엔 구름 한 점 없었고 뜨거운 태양만이 내리쬐고 있었다. 공원에는 날씨가 쪄서 그런지 사람들이 그리 많지 않았다. 내 몸에는 땀이 흐르고 있었지만 가슴에선 차가운 냉기가 돌고 있었다.

'어디에서부터 어떻게 무슨 말을 해야 할까? 이유 없이 무조건 만나지 말자고 할까? 아니야 그러면 상처받을 거야. 사실대로 말해야 되겠지? 아니야 이건 창피해서 말 못해….'

이런저런 고민을 하고 있는데 그가 먼저 말을 했다.

"집에 무슨 일 없었어?"

"왜?"

"그냥."

"그러고 보니까 오늘따라 기혁 씨가 이상하네?"

"내가?"

"응."

"어떻게 이상한데?"

"무슨 말 못하는 고민이 태산같이 많아 보여."

"그럼 잘 봤네."

"고민이 뭔데? 내가 다 해결해 줄게."

"그렇게 할 수도 있겠지."

"내 문제야?"

그는 무언가에 충격을 받은 거 같은 모습이었고, 눈빛은 서글프게 반짝거리며 나를 향해 눈시울을 붉히고 있었다.

"고민이 뭔데?"

"나중에."

"안 돼. 지금 말해 봐."

"꼭 오늘 말해야 돼?"

"응."

"왜?"

"그냥. 나는 궁금한 게 있으면 못 참거든."

"고치면 되잖아."

"습관이란 게 무섭잖아. 하루아침에 고쳐지는 것도 아니고."

"그렇게 되면 자신만 고달퍼져."

"나도 알아. 그래서 내 자신이 어쩔 땐 짜증날 때가 많아."

"성질 급한 거 하나 때문에?"

"아니, 모든 게 다."

"또 어떤 것 때문에?"

"내가 제일 싫은 게 있다면 마음이 여리고 정에 약한 거."

"그럼 좋은 점이 뭔데?"

"……."

"그래도 자신을 잘 알아서 다행이네."

"그럼 자기 자신도 모르는 사람이 있어?"

"얼마나 많은데."

"나는 이런 내 성격이 싫어."

"좋은 점도 있잖아."

"어떤 거?"

"마음이 여리고 정에 약한 거."

"속 모르는 소리 하고 있어."

"왜?"

"내가 이거 때문에 얼마나 마음고생을 많이 하면서 살아왔는데."

"뭐 때문에?"

"정에 약한 게 바보 중에 제일 못난 바보니까."

"왜 그렇게 생각해?"

"예를 들어 한 남자를 알면 그 사람밖에 몰라. 이런 스타일이 얼마나 자기 자신을 힘들게 하는 줄 알아?"

"그게 좋잖아."

"뭐가 좋아. 그러면 기혁 씨도 한번 그렇게 살아 봐. 그럼 내 속을 알 테니까."

"나도 마음이 여려."

"치, 말도 안 되게 거짓말 하네."

"진짜야. 그러니깐 지금까지 서연 씨를 못 잊고 가슴속에 품고 살아왔지."

"아니야. 농담 하지 마. 기혁 씨는 나를 버리고 아무 상관도 없는 고모를 선택했어. 마음 약한 나는 어떻게 되든지 말든지 내팽개치고 말이야. 그래서 독한 사람이야."

"서연 씨가 잘못 알고 있어. 난 그렇게 독한 사람 아니야. 차라리 내 마음이 강철같이 강했으면 좋겠어. 그렇지 못하니깐 내가 지금 고민에 빠져 있잖아."

"고민이 뭔데? 혼자 속으로 끙끙 앓지 말고 말해 봐."

"사실은 말이야‥ 남편한테서 전화가 왔었어."

"…그건 나도 알고 있었어."

"어떻게 알았어?"

"애 아빠가 말해줬어."

"나는 아직 모르고 있는 줄 알았지."

"기혁 씨 집에서도 전화가 왔었어."

"언제 전화가 왔었는데?"

"며칠 됐어."

"근데 왜 나한테 말 안 했어?"

"그냥. 내가 죄 지은 게 있어서."

"무슨 죄?"

"감정싸움 좀 했어."

"뭐라고 했는데?"

"몰라. 집에 가서 물어봐. 통화한 날 부부싸움 할 줄 알고 걱정 많

슬픈 그녀의 행복 241

이 했는데 말 안 했나 봐?"

"싸움이야 들통난 뒤로 날마다 했지. 나보고 빈 몸만 가서 둘이 행복하게 잘 살아보래. 애들은 집사람이 혼자 다 알아서 키운다고."

"아이구 말로만? 의부증이 심해서 기혁 씨 없이는 하루도 못 살 거면서 아무리 화가 난다고 그런 말을 쉽게 해? 말이 씨가 되어 버리면 어떻게 하려고. 그럴 리는 없겠지만 혹시나 만약에 기혁 씨가 내 곁에 온다고 해도 난 이젠 싫어. 더 이상 가족들 마음 아프게 안 할 거야. 기혁 씨는 아마 남편만큼 나한테 반도 못해 줄걸?"

"그래. 남편 하나는 잘 만났더라."

"어떻게 알아?"

"나도 남자지만 입장을 바꿔놓고 생각한다면 용서가 안 되고 이해 못하거든. 근데 그게 아니더라. 그분은 법 없이도 살 수 있는 분이야. 정말 착하고 보기 드문 사람이야."

"서로 말로 싸우지는 않았어?"

"응."

"근데 왜 나한테 말 안 했어?"

"그냥. 어떻게 해야 될지를 몰라서."

"모르기는 왜 몰라. 서로가 정리하면 되지. 그리고… 지금이 여름이잖아."

"여름하고 무슨 상관인데?"

"우리가 예전에 마지막으로 이별할 때도 8월이었잖아. 근데 또 이렇게 됐네. 두 달 동안의 짧은 만남이었지만 여름날에 또 이별을 하게 되니 말이야."

그는 현실이 그렇다는 것을 실감하듯 놀란 표정이었다.

그리그 꼬막 같은 작은 입술을 다문 채 뭔가 골똘하게 생각하고 있었다. 이 때 내가 먼저 입을 열었다.

"행복하게 잘 살고 있는 가정에 분란을 일으켜서 미안해. 앞으로 어떠한 일이 있어도 두 번 다시는 만나지 않았으면 해."

그는 한참을 머뭇거리고 있었다. 내가 행복하게 살고 있다는 것이 부럽다는 듯….

"우리 나중에 즉 죽어서 천국에서 다시 만나자…."

"죽어서도 또 만나?"

우리는 두 번째 이별을 하며 눈물을 머금고 영원히 마음속에서 떠나보냈다.

이별하고 하루가 지났다. 여름인데도 바람이 쓸쓸하게 불어 왔다. 하루아침에 모든 것이 허무하게 느껴졌다. 그래도 나의 마음만큼은 그리움을 바람에 실려 저 멀리 보내기 위해 그만큼의 노력이 필요했다. 마음속에 조금이라도 추억도 그리움도 남지 않기를 바라면서….

가족을 사랑하는 마음으로 가득 메우고 싶었다. 그리고 행복한 가정을 위해 발버둥치며 몸부림을 쳤다.

어쩌다가 인연이 뒤바뀌어 이렇게 가슴 아프게 만들었을까? 우리 당사자들 마음도 힘들었지만 배신당한 두 가족들은 얼마나 더 괴로웠을까? 난 미안한 마음에 쥐구멍으로 들어가고 싶은 심정이었다.

남편은 심적으로 힘든 고통을 겪으면서 나에게 말이나 행동으로 상처 한번 주지 않았다. 피곤하게 하지도 않았고 더 자상한 사람이 되려고 애를 쓰며 노력했다.

남편은 들꽃처럼 고상한 향기가 나는 남자였다. 이런 남편을 두고 나의 가슴에 누군가를 숨겨 놓고 살아왔다는 것이 눈물나도록 미안했고 죄책감마저 들었다.

어떻게 하면 아픈 상처를 빨리 아물게 할 수 있을까? 이건 내 자신 스스로가 고통받는 일이었다. 그리고 어떤 일이건 내 곁에 있는 가족이 최고란 것도 절실하게 깨달았다.

행복

　세상어는 산뜻하고 아름답고 신기한 것들이 많이 존재한다.
　불안한 마음에서 벗어나고 보니 모든 것이 새로워 보이고 푸른 나뭇잎들도 나를 보고 미소 짓는 듯 보였다.
　사람이 살면서 가족이 있다는 건 무엇과도 바꿀 수 없는 보물이었다. 남편의 위치와 자식이란 끈이 얼마나 크나큰 보물인지를 실감했다.
　그동안 내가 남편에게 무관심하고 얼음장같이 차가웠는데 이제는 가슴도 행동도 따뜻한 봄날이다.
　지나온 과거의 삶을 후회하면서… 인생의 삶에서 순간의 기쁨은 영원하지 않다는 것을 알게 되었다.
　하루일과를 끝내고 피곤한 몸으로 집에 돌아왔다.
　"왔어? 오늘도 수고했어. 피곤하지? 밥은 먹었어?"
　변함없이 관심을 쏟아 부어주는 남편의 다정다감한 목소리는 나의 피곤한 몸을 말끔히 풀어 주었다.
　남편은 특별한 사람이었다. 바다같이 넓은 마음을 가졌고 늘 푸른 소나무 숲속처럼 편안한 기를 불어넣어 주었다. 또 꿀처럼 달콤한 말로 속삭이며 깨처럼 행복하게 만들어 주었다.

남편은 잔잔한 호수처럼 점잖은 사람이었다. 또 마음속은 여름날의 일곱 색깔 무지개보다 더 아름답고 신기했다. 바다처럼 출렁이는 가슴이 아닌 비둘기 같은 온유한 성품….

혼자 모든 것을 참아가며 가슴앓이를 얼마나 많이 했을까? 난 가슴이 찢어질 듯 아팠다. 상처를 무엇으로 치료해 주어야 할까? 물론 바람에 나뭇잎들이 스치는 것처럼 우리는 옷깃을 스치고 살갗을 부딪치며 인생을 멋지고 아름답게 살 것이다.

난 마음이 여리다. 이제 막 새싹이 돋아난 연약한 잎처럼 내 마음도 야들야들한 풀잎과 같다.

나는 다시 태어난다 해도 늘 푸른 소나무처럼 한결같이 변함없는 자상한 내 남편을 선택할 것이다.

| 작가 후기 |

연잎이 짙어가는 5월.
제 인생을 뒤돌아보게 됩니다.
그동안 게으르고 느렸던 저의 행동들이 자라나는 연잎들을 보며 부지런해지기도 합니다.
'들풀, 어린잎들은 이토록 푸르게 짙어 가는데 나는 미래를 의해서 오늘을 어떻게 살고 있는가?'
제 자신을 반성해 봅니다.
과거를 후회한들 무슨 소용이 있겠습니까?
이 책을 써 놓고 7년이란 세월을 기다려 왔습니다.
이제는 어두운 긴긴 터널을 빠져나와 세상 박으로 나오게 되어 정말 행복의 눈물, 기쁨의 눈물이 납니다.
세상의 모든 사람들에게는 저마다 이루고 싶은 일들이 있을 거라고 생각합니다. 그 모든 것을 마음속에 품고 생각만 하지 마시고 행동으로 실천하여 그 꿈들을 꼭 이루시기 바랍니다.
이 책을 쓸 수 있도록 저와 함께 하셔서 지혜를 주신 하나님께 감사드리며 영광을 돌립니다.